Pierre Carlet de Chamblain de Marivaux

Das Spiel von Liebe und Zufall

Komödie in drei Akten

Übersetzung
von Gerda Scheffel
Nachwort
von Ivan Nagel

Philipp Reclam jun. Stuttgart

Französischer Originaltitel:
Le Jeu de l'Amour et du Hasard

Der Text der deutschen Übersetzung folgt der Ausgabe: Pierre Carlet de Marivaux: Das Spiel von Liebe und Zufall und andere Komödien. Aus dem Französischen von Gerda Scheffel. Frankfurt am Main: Insel Verlag, 1985.

Universal-Bibliothek Nr. 8604

Gesamtherstellung: Reclam, Ditzingen. Printed in Germany 2002
RECLAM und UNIVERSAL-BIBLIOTHEK sind eingetragene Marken der Philipp Reclam jun. GmbH & Co., Stuttgart
ISBN 3-15-008604-3

www.reclam.de

Personen

MONSIEUR ORGON
MARIO
SILVIA
DORANTE
LISETTE, *Kammerzofe von Silvia*
ARLEQUIN, *Diener von Dorante*
EIN DIENER

Das Stück spielt in Paris.

Erster Akt

Erste Szene

Silvia, Lisette.

SILVIA. Und noch einmal, wieso mischst du dich da ein und behauptest, meine Gefühle zu kennen?

LISETTE. Weil ich dachte, in einem solchen Fall wären Ihre Gefühle die gleichen wie die aller anderen Leute. Ihr Herr Vater fragt mich, ob Sie froh darüber wären, daß er Sie verheiratet, ob es Ihnen gefiele, und ich antworte ihm: ja; das kommt ganz prompt, und vielleicht sind Sie das einzige Mädchen auf der Welt, bei dem dieses Ja nicht zutrifft; ein Nein ist unnatürlich.

SILVIA. Ein Nein ist unnatürlich, wie einfältig und naiv! Die Ehe hätte für dich also einen großen Reiz?

LISETTE. Nun, da kommt zum Beispiel wieder ein Ja.

SILVIA. Halt den Mund. Gib deine dummen Antworten sonstwo zum besten, aber nicht bei mir, und merk dir, daß es dir nicht zusteht, mein Herz nach deinem zu beurteilen.

LISETTE. Mein Herz ist so beschaffen wie das aller andern Leute, wieso verfällt das Ihre darauf, wie keines sonst zu sein?

SILVIA. Ich glaube, wenn du es wagtest, du würdest mich noch als wunderlich bezeichnen.

LISETTE. Das würde sich zeigen, wenn ich Ihresgleichen wäre!

SILVIA. Du legst es darauf an, mich zu verärgern, Lisette.

LISETTE. Es ist nicht meine Absicht; aber was habe ich denn im Grunde Schlimmes getan, als ich Monsieur Orgon sagte, Sie wären froh darüber, daß er Sie verheirate.

SILVIA. Zunächst hast du nicht die Wahrheit gesagt, mich bekümmert es nicht, unverheiratet zu sein.

LISETTE. Das ist ganz neu.

SILVIA. Und außerdem soll mein Vater nicht glauben, er mache mir eine große Freude, indem er mich verheiratet, denn das würde ihn mit einer Zuversicht handeln lassen, die vielleicht nicht angebracht ist.

LISETTE. Wie, Sie wollen den Mann nicht heiraten, den er für Sie bestimmt hat?

SILVIA. Was weiß ich, vielleicht gefällt er mir nicht, und das beunruhigt mich.

LISETTE. Es heißt, Ihr Zukünftiger sei der schätzenswerteste Mann der Welt, eine gute Erscheinung, liebenswürdig, hübsch, man könne nicht mehr Geist, keinen besseren Charakter haben als er; was wollen Sie noch? Kann man sich eine glücklichere Verbindung vorstellen? Eine wonnevollere Ehe?

SILVIA. Wonnevoll! Wie verrückt du dich ausdrückst!

LISETTE. Du meine Güte, Madame, ist es nicht ein Glück, wenn ein Anbeter dieser Art in aller Form heiraten will? Es gäbe kaum ein Mädchen, das nicht in Gefahr wäre, wenn er ihr den Hof machte, ihn ohne Hochzeit zu heiraten; liebenswert, eine gute Erscheinung, da kommt die Liebe auf ihre Kosten; umgänglich, intelligent, da hat die Gemeinsamkeit ihren Teil: bei Gott! alles ist gut an diesem Mann, alles ist da, das Nützliche und auch das Angenehme.

SILVIA. Ja, bei dem Porträt, das du von ihm entwirfst, und es heißt, daß er ihm gleicht; aber es heißt so, und ich selbst bin vielleicht nicht dieser Ansicht. Er ist ein schöner Mann, heißt es, und das ist fast um so schlimmer.

LISETTE. Um so schlimmer, um so schlimmer, wirklich ein sehr seltsamer Gedanke!

SILVIA. Ein sehr vernünftiger; ein schöner Mann ist leicht ein Geck, habe ich bemerkt.

LISETTE. Oh, er hat unrecht, ein Geck zu sein, aber recht, daß er schön ist.

SILVIA. Es heißt außerdem, er sei eine gute Erscheinung, meinetwegen.

LISETTE. Hm, das könnte man ihm verzeihen.

SILVIA. Schönheit und gutes Aussehen, davon befreie ich ihn, das sind überflüssige Beigaben.

LISETTE. Du lieber Himmel! Wenn ich jemals heirate, ist für mich dieser Überfluß gerade das Nötigste.

SILVIA. Du weißt nicht, was du sagst; in einer Ehe hat man es viel öfter mit dem verständigen Mann zu tun als mit dem liebenswerten; kurz, ich erwarte bei ihm nur einen guten Charakter, und der findet sich schwerer als man denkt. Der seine wird sehr gelobt, aber wer hat mit ihm zusammen gelebt? Verstellen sich die Männer nicht, vor allem, wenn sie intelligent sind? Habe ich selbst nicht genügend Männer gesehen, die ihren Freunden gegenüber als die besten Menschen der Welt erschienen? Sie sind die Sanftmut, die Einsicht, die Heiterkeit in Person. Alles, sogar ihre Gesichtszüge, bürgt für die vielen guten Eigenschaften, die man ihnen zuschreibt. Monsieur X scheint ein reizender Mensch zu sein, sehr verständig, hieß es täglich von Ergaste: Er ist es auch, wurde geantwortet; ich selbst habe es geantwortet; sein Gesicht belügt Sie nicht. Ja, vertraut nur diesem sanften, zuvorkommenden Aussehen, das eine Viertelstunde später verschwindet, um einem finsteren, wilden, brutalen Gesicht zu weichen, das der Schrecken eines ganzen Hauses wird. Ergaste hat geheiratet; seine Frau, seine Kinder, seine Dienerschaft, alle kennen nur noch dieses Gesicht, während er überall sonst die liebenswerte Miene herumträgt, die wir an ihm kennen, und die er nur als Maske aufsetzt, wenn er das Haus verläßt.

LISETTE. Ein komischer Kauz, mit seinen zwei Gesichtern.

SILVIA. Freut man sich nicht über Léandre, wenn man ihn sieht? Nun, zu Hause spricht er kein Wort, er lacht nicht, er schimpft nicht, er hat eine kalte Seele, verschlossen, unzugänglich; seine Frau kennt sie gar nicht, sie hat keinerlei Verbindung zu ihr, sie ist mit einer Erscheinung verheiratet, die aus einem Arbeitszimmer kommt, sich zu Tisch setzt und ihre ganze Umgebung vor Unlust, Kälte und Langeweile umkommen läßt. Ist das nicht ein amüsanter Ehemann?

LISETTE. Mir wird eiskalt bei der Beschreibung, die Sie mir von ihm geben; aber wie steht es mit Tersandre?

SILVIA. Ja, Tersandre! Neulich ist er gegen seine Frau wütend geworden; ich will sie besuchen, werde angemeldet; ich sehe einen Mann mit offenen Armen auf mich zukommen, heiter, gelassen; man hätte geglaubt, er käme von einer besonders amüsanten Unterhaltung, sein Mund und seine Augen lachten noch. So ein Betrüger! Da hast du die Männer. Wer glaubt es, daß seine Frau seinetwegen zu bedauern ist? Ich fand sie niedergeschlagen, aschfahl, mit verweinten Augen, ich fand sie so, wie ich selbst vielleicht bald aussehe, mein zukünftiges Porträt; zumindest laufe ich Gefahr, eine Kopie davon zu werden. Sie tat mir leid, Lisette; und wenn ich dir bald auch leid tue, ist das nicht schrecklich, was meinst du? Denke daran, was das ist, ein Ehemann.

LISETTE. Ein Ehemann? das ist ein Ehemann. Mit dem Wort hätten Sie nicht aufhören sollen, es söhnt mich mit allem andern aus.

Zweite Szene

Monsieur Orgon, Silvia, Lisette.

M. ORGON. Guten Tag, liebe Tochter. Die Neuigkeit, die ich dir habe ausrichten lassen, macht dir hoffentlich Freude. Dein Bräutigam kommt heute, sein Vater teilt es mir in diesem Brief hier mit. Du antwortest gar nichts, du scheinst traurig zu sein, und Lisette schlägt die Augen nieder, was soll das bedeuten? Dann rede du, was gibt's?

LISETTE. Ein Gesicht, Monsieur, das Schrecken verbreitet, ein anderes, das durch Kälte tötet, eine frostige Seele, die sich abseits hält, und außerdem das Porträt einer Frau, niedergeschlagen, aschfahl, mit geschwollenen und verweinten Augen; das ist es, Monsieur, was wir so andachtsvoll betrachten.

M. ORGON. Was soll das Geschwafel bedeuten? Eine Seele, ein Porträt: erkläre das bitte genauer, ich begreife kein Wort davon.

SILVIA. Ich habe mit Lisette gerade über das Unglück von Frauen gesprochen, die von ihren Ehemännern schlecht behandelt werden; als Beispiel nannte ich ihr die Frau von Tersandre, die ich neulich ganz niedergeschlagen antraf, weil ihr Mann sie angeschrien hatte, und darüber habe ich meine Betrachtungen angestellt.

LISETTE. Ja, wir sprachen über einen Gesichtsausdruck, der kommt und geht; wir sagten, daß der Ehemann in Gesellschaft eine Maske trägt, und seiner Frau zieht er eine Grimasse.

M. ORGON. Ich verstehe von alledem nur, daß die Ehe dich schreckt, liebe Tochter, um so mehr, als du Dorante nicht kennst.

LISETTE. Erstens ist er schön, und das ist fast um so schlimmer.

M. ORGON. Um so schlimmer? Bist du übergeschnappt mit deinem um so schlimmer?

LISETTE. Ich sage, was man mir beibringt; ich habe es bei Madame gelernt, ich studiere bei ihr.

M. ORGON. Alles gut und schön, aber darum geht es nicht. Du weißt, mein Kind, wie sehr ich dich liebe. Dorante kommt, um dich zu heiraten; ich habe diese Heirat während meiner letzten Reise mit seinem Vater, meinem alten guten Freund, beschlossen; doch nur unter der Bedingung, daß ihr euch beide gegenseitig gefallt und euch frei darüber aussprechen könnt; ich verbiete dir jede Rücksichtnahme auf mich: gefällt Dorante dir nicht, so brauchst du es nur zu sagen, und er reist ab; solltest du ihm nicht gefallen, so reist er ebenfalls ab.

LISETTE. Wie in der Oper: Du willst mich, ich will dich, rasch einen Notar; oder aber: liebst du mich? nein; ich dich auch nicht; rasch aufs Pferd.

M. ORGON. Ich selbst habe Dorante noch nie gesehen; er war

nicht da, als ich seinen Vater besuchte; doch nach all dem Guten, was man mir von ihm erzählt hat, fürchte ich kaum, daß einer von euch den andern zurückweist.

SILVIA. Ich bin von Ihrer Güte gerührt, lieber Vater. Sie verbieten mir jede Rücksichtnahme auf Sie, und ich gehorche Ihnen.

M. ORGON. Ich befehle es dir.

SILVIA. Aber wenn ich es wagte, würde ich Sie wegen eines Einfalls, der mir eben gekommen ist, um die Erlaubnis für etwas bitten, was mich noch vollends beruhigen würde.

M. ORGON. Sprich, wenn die Sache zu machen ist, gewähre ich sie gern.

SILVIA. Sie ist durchaus zu machen; doch ich fürchte, ich mißbrauche Ihre Güte.

M. ORGON. Mißbrauche sie ruhig; komm, in dieser Welt muß man etwas zu gut sein, damit es genügt.

LISETTE. Das kann nur der beste aller Menschen sagen.

M. ORGON. Nun erkläre es mir endlich, Tochter.

SILVIA. Dorante kommt heute hier an: wenn ich ihn nun sehen könnte und ein bißchen prüfen, ohne daß er mich erkennt; Lisette ist gewitzt, Vater, sie könnte für kurze Zeit meinen Platz einnehmen und ich ihren.

M. ORGON *(beiseite)*. Ein amüsanter Einfall. *(Laut.)* Laß mich ein wenig darüber nachdenken. *(Beiseite.)* Wenn ich sie gewähren lasse, wird etwas sehr Eigenartiges geschehen, darauf ist sie selbst nicht gefaßt ... *(Laut.)* Einverstanden, liebe Tochter, ich erlaube dir die Verkleidung. Bist du auch sicher, Lisette, daß du deine Rolle durchhältst?

LISETTE. Ich, Monsieur? Sie wissen doch, wer ich bin; versuchen Sie einmal, mir den Hof zu machen und es dabei an Respekt fehlen zu lassen, wenn Sie das wagen; da haben Sie gleich meine Probe für die vornehmen Manieren, mit denen ich Sie empfange; was sagen Sie dazu, hm? Erkennen Sie Lisette wieder?

M. ORGON. Wie, was! Jetzt täusche ich mich selbst in ihr; doch wir dürfen keine Zeit verlieren, geh und mach dich für deine Rolle zurecht, Dorante kann uns jeden Augenblick überraschen. Beeilt euch, und daß alle im Haus Bescheid wissen.

SILVIA. Ich brauche kaum mehr als eine Schürze.

LISETTE. Und ich will Toilette machen; kommen Sie, Lisette, und frisieren Sie mich, damit Sie sich an Ihre neuen Pflichten gewöhnen; und etwas mehr Aufmerksamkeit, wenn ich bitten darf.

SILVIA. Sie werden mit mir zufrieden sein, Madame; gehen wir.

Dritte Szene

Mario, Monsieur Orgon, Silvia.

MARIO. Meinen Glückwunsch zu der Neuigkeit, die ich eben erfahren habe, Schwester; wir werden bald deinen Bräutigam sehen.

SILVIA. Ja, Bruder; aber ich habe jetzt keine Zeit zu verlieren, ich muß mich um wichtige Dinge kümmern; unser Vater wird es dir erklären, ich überlasse dich ihm.

Vierte Szene

Monsieur Orgon, Mario.

M.ORGON. Halte sie nicht auf, Mario, komm, ich will dir erklären, worum es geht.

MARIO. Was gibt es denn so Wichtiges, Vater?

M. ORGON. Zunächst bitte ich dich, über das, was ich dir sagen werde, zu schweigen.

MARIO. Ich verspreche es.

M. ORGON. Wir werden heute Dorante sehen; doch sehen wir ihn nur verkleidet.

MARIO. Verkleidet! Kommt er zum Maskenfest, geben Sie einen Ball für ihn?

M. ORGON. Hör dir die Stelle in dem Brief seines Vaters an. Hm ... »Ich weiß nicht recht, was Sie von einem Einfall halten, den mein Sohn hatte; er findet ihn selbst etwas merkwürdig, doch ist das Motiv entschuldbar und sogar aus Feingefühl entstanden; er hat mich nämlich gebeten ihm zu erlauben, zunächst als sein Diener bei Ihnen erscheinen zu dürfen, der seinerseits die Rolle seines Herrn übernimmt.«

MARIO. Ha! ha! das wird lustig.

M. ORGON. Höre noch zu Ende. »... Mein Sohn weiß, wie ernst die Bindung ist, die er eingehen will, und er hofft, wie er sagt, unter dieser nur für kurze Zeit beabsichtigten Verkleidung einige Charakterzüge seiner zukünftigen Ehefrau zu entdecken und sie besser kennenzulernen, um zu wissen, wie er sich entscheiden soll, da wir beide ja beschlossen haben, ihnen ihre volle Freiheit zu lassen. Ich selbst, der ich auf das vertraue, was Sie mir von Ihrer liebenswerten Tochter erzählt haben, bin mit allem einverstanden und ergreife nur die Vorsichtsmaßnahme, Sie davon zu unterrichten, obwohl er mich darum gebeten hat, sein Geheimnis zu wahren; Sie können es Ihrer Tochter gegenüber damit halten, wie Sie es für richtig empfinden ...« Das schreibt mir der Vater. Aber das ist noch nicht alles, gib acht, was noch geschehen ist: deine Schwester, die sich ebenfalls wegen Dorante Gedanken macht, dessen Geheimnis sie nicht kennt, hat mich gefragt, ob sie hier die gleiche Komödie spielen dürfe, um Dorante zu beobachten, so wie dieser sie beobachten will. Was sagst du dazu? Hast du schon so etwas Ausgefallenes erlebt? Im Augenblick verkleiden sich Herrin und Zofe. Was rätst du mir, Mario, soll ich deine Schwester in das Geheimnis einweihen, oder nicht?

MARIO. Wenn die Dinge so stehen, Vater, würde ich die beiden nicht stören und würde den Einfall achten, der jedem von ihnen gekommen ist; sie müssen in dieser Verkleidung häufig miteinander reden und wir werden sehen, ob ihr

Herz ihnen nicht ihren Wert verrät. Vielleicht wird Dorante an meiner Schwester auch als Zofe Gefallen finden, und das wäre reizend für sie.

M. ORGON. Wir wollen sehen, wie sie sich aus der Affäre zieht.

MARIO. Die Sache verschafft uns bestimmt Vergnügen, ich will gleich am Anfang dabei sein und werde die beiden ein bißchen necken.

Fünfte Szene

Silvia, Monsieur Orgon, Mario.

SILVIA. Da bin ich wieder, Vater, sehe ich nicht gut aus als Kammerzofe? Und du, Bruder, du weißt ja offensichtlich, worum es geht, wie findest du mich?

MARIO. Auf Ehre, Schwester, um den Diener ist es gleich geschehen; aber du könntest auch Dorante deiner Herrin stehlen.

SILVIA. Offen gesagt, es würde mich freuen, ihm auch in dieser Rolle zu gefallen, ich wäre nicht böse, wenn ich seine Vernunft besiegte, ihn wegen des Standesunterschieds zwischen ihm und mir ein bißchen verwirrte; wenn meine Reize das erreichten, machten sie mir ein großes Vergnügen, ich wäre stolz auf sie. Im übrigen würde mir das helfen, Dorante zu erforschen. Was seinen Diener betrifft, so fürchte ich dessen Werben nicht, er wird es bei mir nicht wagen, in meinen Gesichtszügen liegt etwas, das dem Kerl eher Achtung als Liebe einflößen wird.

MARIO. Sachte, liebe Schwester, der Kerl ist deinesgleichen.

M. ORGON. Und wird sich bestimmt in dich verlieben.

SILVIA. Nun gut, die Ehre, ihm zu gefallen, kann mir nur nutzen; Diener klatschen von Natur aus gern, die Liebe ist schwatzhaft, und ich mache ihn zum Berichterstatter seines Herrn.

EIN DIENER. Monsieur, ein Diener ist angekommen, der Sie sprechen möchte; ihm folgt ein Träger mit einem Koffer.

M. ORGON. Er soll hereinkommen; sicher ist es der Diener von Dorante; sein Herr wird vielleicht noch an der Post aufgehalten. Wo ist Lisette?

SILVIA. Lisette zieht sich um, und nach Auskunft ihres Spiegels findet sie uns sehr unvorsichtig, ihr Dorante zu überlassen; sie ist gleich fertig.

M. ORGON. Still, da kommt er.

Sechste Szene

Dorante als Diener, Monsieur Orgon, Silvia, Mario.

DORANTE. Ich suche Monsieur Orgon; oder ist er es, dem ich die Ehre habe, meine Verbeugung zu machen?

M. ORGON. Ja, mein Freund, er ist es.

DORANTE. Sie haben sicher von uns Nachricht bekommen, Monsieur, ich gehöre zu Monsieur Dorante, der gleich kommen wird, und der mich schon vorausgeschickt hat, um Sie seiner Hochachtung zu versichern, bevor er es selbst tut.

M. ORGON. Du erfüllst deinen Auftrag mit großem Geschick; Lisette, was sagst du zu dem Burschen?

SILVIA. Ich, Monsieur, ich sage, daß er willkommen ist, und daß er etwas zu taugen scheint.

DORANTE. Sie sind sehr gütig, ich tue mein Möglichstes.

MARIO. Jedenfalls ist er hübsch geraten; dein Herz wird sich tapfer halten müssen, Lisette.

SILVIA. Mein Herz, was hat das hier zu suchen!

DORANTE. Ärgern Sie sich nicht, Mademoiselle, was Monsieur da sagt, macht mich nicht eingebildet.

SILVIA. Diese Bescheidenheit gefällt mir, machen Sie nur so weiter.

MARIO. Sehr gut! Aber mir scheint, die Anrede Mademoiselle, die er gebraucht, klingt sehr formell; zwischen Leuten wie euch sollten die Höflichkeitsformeln nicht so ernsthaft sein, so als wäret ihr ständig auf der Hut; kommt, verkehrt ein bißchen zwangloser miteinander, dein Name ist Lisette, und du, mein Freund, wie heißt du?

DORANTE. Bourguignon, Monsieur, zu Ihren Diensten.

SILVIA. Also Bourguignon, meinetwegen!

DORANTE. Und Lisette geht auch, ich bin darum nicht weniger Ihr Diener.

MARIO. Ihr Diener, das ist immer noch nicht eure Art zu reden, dein Diener muß es heißen.

M. ORGON. Ha! Ha! Ha! Ha!

SILVIA *(leise zu Mario).* Du machst dich über mich lustig, Bruder.

DORANTE. Fürs Duzen warte ich auf Lisettes Anweisung.

SILVIA. Mach es, wie du willst, Bourguignon; jetzt ist das Eis gebrochen, und da es den Herren Spaß macht . . .

DORANTE. Ich danke dir, Lisette, und erwidere sofort die Ehre, die du mir erweist.

M. ORGON. Nur Mut, Kinder, wenn ihr euch ineinander verliebt, seid ihr der Förmlichkeiten enthoben.

MARIO. Oh, nicht so eilig. Sich verlieben, das ist ganz etwas anderes; vielleicht wissen Sie noch nicht, daß ich es auf das Herz von Lisette abgesehen habe, ja, ich. Es behandelt mich zwar sehr grausam, aber ich will nicht, daß mir Bourguignon ins Gehege kommt.

SILVIA. Auch wenn Sie das so auffassen, ich will, daß Bourguignon sich in mich verliebt.

DORANTE. Du tust dir selbst unrecht, wenn du sagst, ich will, schöne Lisette; du brauchst nicht zu befehlen, damit man dir gehorcht.

MARIO. Mein lieber Bourguignon, diese Galanterie haben Sie irgendwo gestohlen.

DORANTE. Da haben Sie recht, Monsieur, aus diesen Augen habe ich sie genommen.

MARIO. Halt den Mund, das wird ja immer ärger, ich verbiete dir, so viel Geist zu haben.

SILVIA. Er hat ihn ja nicht auf Ihre Kosten, und wenn er ihn in meinen Augen findet, soll er ihn sich ruhig nehmen.

M. ORGON. Die Sache geht schlecht aus für dich, lieber Sohn, gehen wir. Dorante wird bald kommen, wir wollen Silvia Bescheid sagen; und du, Lisette, zeigst dem Burschen die Räume seines Herrn. Adieu, Bourguignon.

DORANTE. Sie erweisen mir zu viel Ehre, Monsieur.

Siebte Szene

Silvia, Dorante.

SILVIA *(beiseite).* Sie spielen Komödie. Was macht das, ich werde es ausnutzen; der Bursche ist nicht dumm, und die Zofe, die ihn bekommt, kann sich freuen. Er wird mit mir anbändeln. Ich lasse ihn schwatzen, Hauptsache, ich erfahre etwas!

DORANTE *(beiseite).* Das Mädchen da verblüfft mich, ihr Gesicht würde jeder Frau auf der Welt Ehre machen; ich will sie kennenlernen. *(Laut.)* Da wir auf freundschaftlichem Fuße stehen und die Förmlichkeiten abgelegt haben, mußt du mir verraten, Lisette: kann sich deine Herrin mit dir messen? Sie ist sehr kühn, sich eine Kammerzofe wie dich zu leisten.

SILVIA. Diese Frage, Bourguignon, zeigt mir, daß du nach alter Sitte mit der Absicht kommst, mir Verliebtheiten zu sagen.

DORANTE. Auf Ehre, mit der Absicht war ich nicht gekommen, das muß ich gestehen; wenn ich auch Diener bin, habe ich doch nie engere Bindungen mit den Zofen gehabt, ich mag keinen Domestikengeist; aber bei dir ist es etwas anderes; ich weiß nicht, aber du beeindruckst mich, ich bin fast eingeschüchtert, ich würde bei dir keine Vertraulichkeiten wagen, ich habe ständig das Verlangen, meinen Hut zu ziehen, und wenn ich dich duze, habe ich das Gefühl zu lästern. Kurz, ich würde dich am liebsten mit einer Höflichkeit behandeln, die dich zum Lachen brächte. Was bist du für ein Kammermädchen, mit deinen Prinzessinnenmanieren?

SILVIA. Ach, alles was du da zu empfinden glaubst, wenn du mich siehst, ist genau das, was die andern Diener auch erzählen, die mich gesehen haben.

DORANTE. Auf Ehre, es würde mich nicht überraschen, wenn es auch alle Herren erzählten.

SILVIA. Die Bemerkung ist hübsch, aber ich wiederhole dir, ich bin nicht für die Schmeicheleien von Leuten gemacht, deren Kleidung wie deine ist.

DORANTE. Das heißt also, daß mein Aufzug dir nicht gefällt?

SILVIA. Nein, Bourguignon; lassen wir die Liebe und seien wir gute Freunde.

DORANTE. Nur das? Dein kleiner Vertrag enthält zwei unerfüllbare Bedingungen.

SILVIA *(beiseite).* Welch ein Mensch, dieser Diener! *(Laut.)* Trotzdem muß er in Kraft treten; mir ist vorausgesagt worden, daß ich nur einen Mann von Stand heiraten werde, und daraufhin habe ich geschworen, nie einen anderen anzuhören.

DORANTE. Alle Wetter, das ist lustig, was du in bezug auf einen Mann geschworen hast, habe ich in bezug auf eine Frau geschworen, ich habe gelobt, nur ein Mädchen von Stand ernsthaft zu lieben.

SILVIA. Dann bleib auch bei deinem Vorsatz.

DORANTE. Vielleicht bleibe ich mehr dabei, als wir glauben; du siehst sehr vornehm aus, und manchmal ist man ein Mädchen von Stand, ohne es zu wissen.

SILVIA. Ha, ha, ha! Ich würde dir gern für dein Kompliment danken, wenn es nicht auf Kosten meiner Mutter ginge.

DORANTE. Dann räch dich dafür an meiner, wenn du mich ansehnlich genug findest.

SILVIA *(beiseite).* Er würde es verdienen. *(Laut.)* Darum geht es ja gar nicht; Schluß jetzt mit dem Geschäker, mir ist ein Ehemann von Stand vorausgesagt und davon gehe ich nicht ab.

DORANTE. Teufel, wenn ich so einer wäre, ich liefe Gefahr, die Wahrsagung zu erfüllen; ich habe zwar kein Vertrauen zur Astrologie, aber ein sehr großes zu deinem Gesicht.

SILVIA *(beiseite)*. Er ist unerschöpflich ... *(Laut.)* Bist du bald fertig? Was kümmert dich die Wahrsagung, da sie dich ausschließt?

DORANTE. Sie hat nicht vorausgesagt, daß ich dich nicht lieben werde.

SILVIA. Nein, aber sie hat gesagt, daß es dir nichts nützt, und ich bestätige es dir.

DORANTE. Das machst du gut, Lisette, dieser Stolz steht dir wunderbar, und obwohl er sich gegen mich richtet, sehe ich ihn gern an dir; ich habe ihn dir gewünscht, sobald ich dich sah, dieser Zug fehlte dir noch, und ich tröste mich, daß er für mich ein Nachteil ist, weil er für dich einen Gewinn bedeutet.

SILVIA *(beiseite)*. Wahrhaftig, der Junge überrascht mich, obwohl ich doch ... *(Laut.)* Sag mal, wer bist du eigentlich, daß du so mit mir redest?

DORANTE. Der Sohn redlicher Leute, die nicht reich waren.

SILVIA. Ach, ich wünsche dir von Herzen eine bessere Stellung als deine und wollte, ich könnte etwas dazu beitragen; das Schicksal hat dich schlecht behandelt.

DORANTE. Mein Gott, die Liebe behandelt mich viel schlechter; es wäre mir lieber, ich dürfte dich um dein Herz bitten, als ich besäße alle Reichtümer der Welt.

SILVIA *(beiseite)*. Da sind wir ja wieder beim gleichen Thema. *(Laut.)* Bourguignon, ich kann über das, was du sagst, nicht böse werden; aber ich bitte dich, laß uns von etwas anderem reden, von deinem Herrn; du kannst es sicher unterlassen, mit mir von Liebe zu reden, denke ich?

DORANTE. Du könntest es auch unterlassen, welche in mir zu wecken.

SILVIA. Jetzt werde ich gleich böse, ich verliere die Geduld, und noch einmal, hör auf mit deiner Liebe.

DORANTE. Dann leg du dein Gesicht ab.

SILVIA *(beiseite).* Fast glaube ich, er amüsiert mich ... *(Laut.)* Nun, Bourguignon, du willst also nicht aufhören, muß ich also weggehen? *(Beiseite.)* Ich hätte es längst tun sollen.

DORANTE. Warte, Lisette; ich wollte selbst über etwas anderes mit dir reden; aber ich weiß nicht mehr, worüber.

SILVIA. Ich hatte dir auch etwas zu sagen; aber du hast mir ebenfalls meine Gedanken verscheucht.

DORANTE. Ich erinnere mich, daß ich dich gefragt hatte, ob deine Herrin sich mit dir messen kann.

SILVIA. Du kommst auf einem Umweg zu deinem Ziel zurück, adieu.

DORANTE. Nein, Lisette, wirklich nicht; es geht hier nur um meinen Herrn.

SILVIA. Also gut, ich wollte auch mit dir über ihn sprechen, und ich hoffe, du wirst mir im Vertrauen sagen, wie er ist; deine Anhänglichkeit an ihn gibt mir eine gute Meinung von ihm, er muß Vorzüge haben, da du ihm dienst.

DORANTE. Erlaubst du mir bitte, dir für das zu danken, was du eben gesagt hast?

SILVIA. Willst du wohl nicht darauf achten, daß ich so unvorsichtig war, es zu sagen?

DORANTE. Schon wieder eine von diesen Antworten, die mich entzücken; mach, was immer du willst, ich kann nicht widerstehen, und ich bin recht unglücklich, daß ich vom größten Liebreiz der Welt gefangen bin.

SILVIA. Und ich wüßte gern, wieso ich die Freundlichkeit habe, dich anzuhören, das ist wirklich seltsam.

DORANTE. Du hast recht, unsere Sache ist einzigartig.

SILVIA *(beiseite).* Trotz allem, was er mir gesagt hat, bin ich nicht gegangen, ich gehe auch nicht, ich bin immer noch da, und ich antworte! Das hat nichts mehr mit einem Scherz zu tun. *(Laut.)* Adieu.

DORANTE. Laß uns noch über das reden, was wir besprechen wollten.

SILVIA. Adieu, sage ich, kein Erbarmen mehr. Wenn dein

Herr angekommen ist, will ich selbst versuchen, ihn für meine Herrin kennenzulernen, wenn es die Mühe lohnt; inzwischen kannst du dich umsehen, das sind eure Räume.

DORANTE. Da kommt mein Herr.

Achte Szene

Dorante, Silvia, Arlequin.

ARLEQUIN. Ach, da bist du ja, Bourguignon; seid ihr gut hier empfangen worden, mein Koffer und du?

DORANTE. Es wäre nicht möglich gewesen, uns schlecht zu empfangen, Monsieur.

ARLEQUIN. Irgend so ein Diener hat mir gesagt, ich solle hier herein gehen und man würde meinem Schwiegervater Bescheid sagen, der bei meiner Frau ist.

SILVIA. Sie meinen gewiß Monsieur Orgon und seine Tochter, Monsieur?

ARLEQUIN. Ja, ja, meinen Schwiegervater und meine Frau, das kommt auf das gleiche heraus; ich komme um zu heiraten, und sie warten auf mich, um geheiratet zu werden; das ist so ausgemacht, fehlt nur noch die Trauung; eine Kleinigkeit.

SILVIA. Eine Kleinigkeit, die durchaus der Mühe wert ist, daß man sie bedenkt.

ARLEQUIN. Ja, aber wenn man sie bedacht hat, denkt man nicht mehr daran.

SILVIA *(leise zu Dorante).* Ich habe den Eindruck, bei euch gehört nicht viel dazu, als ein verdienstvoller Mann zu gelten, Bourguignon.

ARLEQUIN. Was sagen Sie da zu meinem Diener, schönes Kind?

SILVIA. Nichts, nur daß ich Monsieur Orgon herunterbitten will.

ARLEQUIN. Und warum sagen Sie nicht meinen Schwiegervater, so wie ich?

SILVIA. Weil er es noch nicht ist.

DORANTE. Sie hat recht, Monsieur, die Hochzeit hat noch nicht stattgefunden.

ARLEQUIN. Ich bin ja hier, damit sie stattfindet.

DORANTE. So warten Sie ab, bis sie stattgefunden hat.

ARLEQUIN. Alle Wetter, was für Umstände wegen eines Schwiegervaters vom Tag davor oder danach.

SILVIA. Natürlich, welchen Unterschied macht es schon, ob man verheiratet ist oder nicht? Ja, Monsieur, wir haben Unrecht und ich beeile mich, Ihren Schwiegervater von Ihrer Ankunft zu benachrichtigen.

ARLEQUIN. Und auch meine Frau, wenn's beliebt; doch bevor Sie weglaufen, sagen Sie mir noch eins, Sie hübsche Person, sind Sie nicht die Kammerzofe des Hauses?

SILVIA. Sie sagen es.

ARLEQUIN. Das ist sehr gut so und freut mich; glauben Sie, ich gefalle hier, wie finden Sie mich?

SILVIA. Ich finde Sie . . . lustig.

ARLEQUIN. Gut, um so besser, bleiben Sie bei diesem Gefühl, es wird vielleicht noch angebracht sein.

SILVIA. Sie sind sehr bescheiden, sich damit zu begnügen, aber ich gehe jetzt, man hat sicher vergessen, Ihrem Schwiegervater Bescheid zu sagen, denn sonst wäre er bestimmt schon hier, ich hole ihn.

ARLEQUIN. Sagen Sie ihm, ich erwarte ihn mit Wohlwollen.

SILVIA *(beiseite)*. Wie merkwürdig das Schicksal ist! Keiner dieser beiden Männer ist an seinem Platz.

Neunte Szene

Dorante, Arlequin.

ARLEQUIN. So, Monsieur, mein Anfang ist gut; ich gefalle bereits der Zofe.

DORANTE. Ein Flegel bist du!

ARLEQUIN. Wieso das, mein Einzug war so hübsch.

DORANTE. Du hattest mir fest versprochen, deine dumme, banale Redeweise aufzugeben, und ich hatte dir genaue Anweisungen gegeben und dir eingeschärft, vor allem ernsthaft zu sein. Geh, ich merke deutlich, daß es leichtsinnig von mir war, mich auf dich zu verlassen.

ARLEQUIN. Von jetzt an mache ich es noch besser, und da ernsthaft sein nicht genügt, bin ich auch melancholisch. Ich weine auch, wenn es sein muß.

DORANTE. Ich weiß nicht mehr ein noch aus; dieses Abenteuer bringt mich ganz aus der Fassung; was soll ich tun?

ARLEQUIN. Ist das Mädchen nicht amüsant?

DORANTE. Halt den Mund; da kommt Monsieur Orgon.

Zehnte Szene

Monsieur Orgon, Dorante, Arlequin.

M. ORGON. Mein lieber Monsieur, ich bitte Sie tausendmal um Verzeihung, daß ich Sie warten ließ; doch ich habe Ihre Ankunft in diesem Augenblick erst erfahren.

ARLEQUIN. Tausendmal ist viel zu viel, Monsieur, für einen Fehler genügt einmal; darüber hinaus steht meine gesamte Verzeihung zu Ihren Diensten.

M. ORGON. Ich werde mich bemühen, sie nicht zu benötigen.

ARLEQUIN. Sie sind der Herr und ich Ihr Diener.

M. ORGON. Ich bin wirklich entzückt, Sie zu sehen, ich habe Sie voller Ungeduld erwartet.

ARLEQUIN. Ich wäre mit Bourguignon zusammen gekommen; aber wenn man reist, wissen Sie, dann ist man in einem so schlechten Zustand, und ich wollte mich in einem verlockenderen Aufzug zeigen.

M. ORGON. Das ist Ihnen sehr gelungen; meine Tochter kleidet sich gerade an, sie hatte sich nicht ganz wohlgefühlt. Wollen Sie sich etwas erfrischen, bis sie herunterkommt?

ARLEQUIN. Oh, ich habe es noch nie jemandem abgelehnt, mit ihm anzustoßen.

M. ORGON. Bourguignon, du kümmerst dich selbst um dich, mein Freund.

ARLEQUIN. Der Bursche ist kein Kostverächter, der trinkt nur vom Besten.

M. ORGON. Er soll sich nicht zurückhalten.

Zweiter Akt

Erste Szene

Lisette, Monsieur Orgon.

M. ORGON. Na, was willst du, Lisette?

LISETTE. Ich muß Sie einen Augenblick sprechen.

M. ORGON. Worum geht es?

LISETTE. Darum, daß ich Ihnen sagen will, wie die Dinge stehen, weil es wichtig ist, daß Sie unterrichtet sind, damit Sie sich nicht über mich beschweren können.

M. ORGON. Es ist also sehr ernst?

LISETTE. Ja, sehr ernst. Sie haben der Verkleidung von Mademoiselle Silvia zugestimmt, ich selbst habe zunächst gedacht, sie hätte keine Folgen, aber ich habe mich getäuscht.

M. ORGON. Und welche Folgen hat sie nun?

LISETTE. Man lobt sich nicht gern selbst, Monsieur, aber allen Regeln der Bescheidenheit zum Trotz muß ich Ihnen sagen, daß wenn Sie sich nicht um das kümmern, was vor sich geht, der Bräutigam seiner Braut kein Herz mehr schenken kann; es wird Zeit, daß sich Ihr Fräulein Tochter zu erkennen gibt, es ist dringend, einen Tag länger, und ich stehe für nichts mehr ein.

M. ORGON. Hm, wieso soll er meine Tochter nicht mehr haben wollen, wenn er weiß, daß sie es ist; mißtraust du ihren Reizen?

LISETTE. Nein, aber Sie mißtrauen den meinen nicht genügend; ich mache Sie darauf aufmerksam, daß sie ihren Weg gehen, und ich rate Ihnen nicht, sie frei gewähren zu lassen.

M. ORGON. Mein Kompliment, Lisette. *(Lacht.)* Ha, ha, ha!

LISETTE. Da haben wir's; Sie scherzen, Monsieur, Sie machen sich über mich lustig, es tut mir leid, denn es ist zu Ihrem Schaden.

M. ORGON. Kümmere dich nicht darum, Lisette, mach nur so weiter.

LISETTE. Ich wiederhole Ihnen, das Herz von Dorante hat es sehr eilig; sehen Sie, jetzt findet er großen Gefallen an mir, heute abend liebt er mich, morgen betet er mich an; ich verdiene das nicht, es ist geschmacklos, sagen Sie, was Sie wollen; aber es wird geschehen; Sie können sicher sein, morgen werde ich angebetet.

M. ORGON. Nun, was macht dir das: wenn er dich so sehr liebt, soll er dich heiraten.

LISETTE. Wie, Sie würden ihn nicht daran hindern?

M. ORGON. Nein, bei meiner Ehre, wenn du ihn so weit bringst.

LISETTE. Geben Sie acht, Monsieur, bis jetzt habe ich meinen Reizen nicht nachgeholfen, ich habe sie ganz allein machen lassen; und ich habe seinen Kopf geschont: wenn ich mich einmische, verdrehe ich ihm den, da gibt es keine Rettung mehr.

M. ORGON. Verdrehe, verstöre, entflamme ihn und heirate, ich erlaube es dir, wenn du es kannst.

LISETTE. Wenn es so steht, ist mein Glück gemacht, schätze ich.

M. ORGON. Aber sag einmal, hat meine Tochter etwas verlauten lassen, was hält sie von ihrem Bräutigam?

LISETTE. Wir hatten noch kaum Gelegenheit uns zu sprechen, denn dieser Bräutigam läßt mich nicht aus den Augen; aber ganz allgemein, ich glaube nicht, daß sie sich freut, sie sieht traurig aus, nachdenklich, und ich vermute, sie wird mich bitten, ihn abzuweisen.

M. ORGON. Aber das verbiete ich dir; ich vermeide es, mit ihr darüber zu sprechen, ich habe meine Gründe dafür, daß ihr diese Verkleidung noch beibehaltet; sie soll ihren Zukünftigen ganz in Muße prüfen. Und der Diener, wie verhält er sich? Hat er sich etwa in meine Tochter verliebt?

LISETTE. Das ist ein komischer Kerl; ich habe bemerkt, daß er den Herrn bei ihr spielt, weil er eine gute Erscheinung ist; er sieht sie an und seufzt.

M. ORGON. Und das ärgert sie?
LISETTE. Hm ... Sie errötet.
M. ORGON. Ach, du täuschst dich; die Blicke eines Dieners können sie doch nicht so verwirren.
LISETTE. Sie errötet, Monsieur.
M. ORGON. Dann sicher aus Unwillen.
LISETTE. Um so besser.
M. ORGON. Nun, wenn du mit ihr sprichst, sage ihr, du hättest den Diener im Verdacht, er würde sie gegen seinen Herrn beeinflussen; und kümmere dich nicht darum, wenn sie sich darüber ärgert, das ist meine Angelegenheit. Aber da kommt Dorante, er sucht dich offenbar.

Zweite Szene

Lisette, Arlequin, Monsieur Orgon.

ARLEQUIN. Ach, da sind Sie ja, wundervolle Dame, ich habe alle Welt nach Ihnen gefragt; gehorsamer Diener, lieber Schwiegervater, oder so gut als ob.
M. ORGON. Gehorsamer Diener; adieu, liebe Kinder, ich lasse euch beide allein; es ist gut, wenn ihr euch ein bißchen verliebt, bevor ihr heiratet.
ARLEQUIN. Ich würde diese beiden Tätigkeiten gern zusammen erledigen.
M. ORGON. Nicht so ungeduldig, adieu.

Dritte Szene

Lisette, Arlequin.

ARLEQUIN. Madame, er sagt, ich soll nicht ungeduldig sein; er hat gut reden, der brave Mann.
LISETTE. Ich kann kaum glauben, daß Ihnen das Warten so schwer fällt, Monsieur; Sie spielen nur aus Galanterie den Ungeduldigen, denn Sie sind doch kaum erst angekom-

men. Ihre Liebe kann noch gar nicht groß sein, sie wird höchstens gerade geboren.

ARLEQUIN. Sie täuschen sich, Sie Wunder aller Zeiten, eine Liebe auf Ihre Art bleibt nicht lange in der Wiege; Ihr erster Blick hat die meine zur Welt gebracht, der zweite hat ihr Kraft gegeben, und der dritte hat sie groß gemacht; wir wollen ihr, so schnell es geht, eine Bleibe verschaffen, erbarmen Sie sich ihrer, denn Sie sind ihre Mutter.

LISETTE. Finden Sie, daß man sie schlecht behandelt, wird sie so vernachlässigt?

ARLEQUIN. Geben Sie ihr wenigstens Ihr schönes weißes Händchen, bis man für sie sorgt, damit Sie ihr eine kleine Freude machen.

LISETTE. Da nehmen Sie, kleiner Quälgeist, denn sonst geben Sie ja doch keine Ruhe.

ARLEQUIN *(ihr die Hand küssend).* Du Spielzeug meiner Seele! das entzückt mich wie köstlicher Wein, schade, daß ich nur einen kleinen Schoppen davon bekomme!

LISETTE. He, hören Sie auf, Sie sind zu gierig.

ARLEQUIN. Ich will mich nur erhalten, bis ich endlich leben darf.

LISETTE. Sollte man nicht Vernunft haben?

ARLEQUIN. Vernunft! Ach, die ist mir abhanden gekommen, Ihre schönen Augen sind die Schelme, die sie mir gestohlen haben.

LISETTE. Aber ist es denn möglich, daß Sie mich so lieben? Ich kann es nicht glauben.

ARLEQUIN. Ich kümmere mich nicht darum, was möglich ist; aber ich liebe Sie wie ein Verrückter, und in Ihrem Spiegel können Sie sehen, daß es begründet ist.

LISETTE. Mein Spiegel würde mich nur noch ungläubiger machen.

ARLEQUIN. Ach, süße Angebetete, Ihre Bescheidenheit wäre dann reine Heuchelei!

LISETTE. Da kommt jemand zu uns; es ist Ihr Diener.

Vierte Szene

Dorante, Arlequin, Lisette.

DORANTE. Monsieur, dürfte ich Sie einen Augenblick sprechen?

ARLEQUIN. Nein! verfluchtes Dienerpack, das uns nie in Ruhe läßt!

LISETTE. Hören Sie doch einmal, was er will, Monsieur.

DORANTE. Nur auf ein Wort.

ARLEQUIN. Wenn er zwei sagt, Madame, ist seine Entlassung das dritte. Also?

DORANTE *(leise zu Arlequin).* Komm jetzt, unverschämter Kerl.

ARLEQUIN *(leise zu Dorante).* Das war eine Beschimpfung, kein Wort. *(Zu Lisette.)* Entschuldigen Sie mich, meine Königin.

LISETTE. Nur zu, nur zu.

DORANTE *(leise).* Befreie mich von alledem hier, liefere dich nicht aus; erscheine ernst und nachdenklich, sogar unzufrieden, hörst du?

ARLEQUIN. Ja, mein Freund, machen Sie sich keine Sorgen und verschwinden Sie.

Fünfte Szene

Arlequin, Lisette.

ARLEQUIN. Ach, Madame, wäre er nicht dazwischen gekommen, ich hätte Ihnen wunderschöne Sachen gesagt, und jetzt finde ich nur noch ganz gewöhnliche, bis auf meine Liebe, die ist außergewöhnlich. Aber a propos Liebe, wann leistet Ihre der meinen Gesellschaft?

LISETTE. Man muß hoffen, daß es so weit kommt.

ARLEQUIN. Und glauben Sie, daß es so weit kommt?

LISETTE. Eine sehr dreiste Frage; wissen Sie, daß Sie mich in Verlegenheit bringen?

ARLEQUIN. Was wollen Sie! Ich brenne, und ich schreie »Feuer«.

LISETTE. Wenn es mir erlaubt wäre, so schnell eine Antwort zu geben ...

ARLEQUIN. Ich bin der Meinung, daß Sie es ganz offen dürfen.

LISETTE. Die meinem Geschlecht eigene Zurückhaltung will das nicht.

ARLEQUIN. Das ist aber nicht die heute übliche, denn die erlaubt noch ganz anderes.

LISETTE. Was wollen Sie von mir?

ARLEQUIN. Sagen Sie mir ein ganz kleines bißchen, daß Sie mich lieben; passen Sie auf: ich liebe Sie; machen Sie das Echo, wiederholen Sie es, Prinzessin.

LISETTE. Er ist unersättlich! Also gut, Monsieur, ich liebe Sie.

ARLEQUIN. Ach, Madame, ich sterbe; mein Glück raubt mir den Verstand, ich fürchte, ich werde verrückt. Sie lieben mich! das ist wundervoll!

LISETTE. Ich hätte allerdings Grund, über Ihre prompte Verehrung erstaunt zu sein; vielleicht lieben Sie mich weniger, wenn wir uns besser kennen.

ARLEQUIN. Ach, Madame, wenn wir erst so weit sind, verliere ich viel, da gibt es eine Menge abzuziehen.

LISETTE. Sie vermuten bei mir mehr Vorzüge, als ich besitze.

ARLEQUIN. Und Sie, Madame, wissen nichts über meine; ich dürfte nur auf Knien mit Ihnen reden.

LISETTE. Denken Sie daran, daß man nicht Herr seines Schicksals ist.

ARLEQUIN. Die Väter und Mütter machen alles nach ihren Köpfen.

LISETTE. Was mich angeht, so hätte mein Herz Sie unter welchem Stand auch immer gewählt.

ARLEQUIN. Das kann es auch jetzt noch tun.

LISETTE. Darf ich mir schmeicheln, daß Sie mir gegenüber ebenso denken?

ARLEQUIN. Ach, wenn Sie nur Perrette oder Margot wären, wenn ich Sie mit dem Leuchter in der Hand in den Keller hätte hinabgehen sehen, Sie bleiben doch immer meine Prinzessin.

LISETTE. Mögen diese schönen Gefühle von Dauer sein!

ARLEQUIN. Um sie auf beiden Seiten zu stärken, wollen wir uns ewige Liebe schwören, allen Schönheitsfehlern zum Trotz, die Sie bei mir noch finden.

LISETTE. Mir ist an diesem Schwur mehr gelegen als Ihnen, und ich leiste ihn von ganzem Herzen.

ARLEQUIN *(fällt auf die Knie).* Ihre Güte blendet mich, und ich verneige mich vor ihr.

LISETTE. Halten Sie ein, ich darf diese Stellung bei Ihnen nicht dulden, ich wäre unverschämt, wenn ich Sie so knien ließe; stehen Sie auf. Da kommt schon wieder jemand.

Sechste Szene

Lisette, Arlequin, Silvia.

LISETTE. Was willst du, Lisette?

SILVIA. Ich muß mit Ihnen sprechen, Madame.

ARLEQUIN. Zum Teufel! Nein, Mädchen, geh und komm in einer Viertelstunde wieder, bei uns zu Hause kommen die Kammerzofen nur herein, wenn man sie ruft.

SILVIA. Ich muß mit Madame sprechen, Monsieur.

ARLEQUIN. Jetzt seht doch die hartnäckige Zofe an! Königin meines Lebens, schicken Sie sie hinaus. Geh, Mädchen, wir haben Anweisung, uns zu verlieben, bevor wir verheiratet werden, unterbrich also bitte nicht unsere Aufgabe.

LISETTE. Kannst du nicht etwas später wiederkommen, Lisette?

SILVIA. Aber, Madame . . .

ARLEQUIN. Aber! dieses Aber könnte mich krank machen.

SILVIA *(die ersten Worte beiseite).* Ein schrecklicher Mensch! – Madame, ich versichere Ihnen, es ist dringend.

LISETTE. Erlauben Sie bitte, daß ich mich von ihr befreie, Monsieur.

ARLEQUIN. Da der Teufel es will und sie auch ... Geduld ... Ich gehe so lange spazieren, bis sie fertig ist. Ach, was sind unsere Leute doch für blöde Leute.

Siebte Szene

Silvia, Lisette.

SILVIA. Ich finde dich großartig, daß du ihn nicht sofort wegschickst und mich die Gemeinheiten dieses Kerls ertragen läßt.

LISETTE. Alle Wetter, Madame, ich kann schließlich nicht zwei Rollen auf einmal spielen; entweder ich trete als die Herrin auf oder als die Dienerin, ich gehorche oder ich befehle.

SILVIA. Sehr gut; aber da er jetzt weg ist, hörst du mich als deine Herrin an: du hast sicher gemerkt, daß mir dieser Mann nicht gefällt.

LISETTE. Sie hatten noch keine Zeit, ihn genauer zu prüfen.

SILVIA. Bist du toll mit deinem Prüfen? Muß man ihn etwa zweimal sehen um festzustellen, daß wir nicht zusammenpassen? Kurzum, ich will ihn nicht. Offenbar billigt mein Vater meine Abneigung nicht, denn er weicht mir aus und spricht kein Wort mit mir; unter diesen Umständen mußt du mich ganz vorsichtig aus der Affäre ziehen, indem du dem jungen Mann geschickt zu verstehen gibst, daß du keine Lust hast, ihn zu heiraten.

LISETTE. Das kann ich nicht, Madame.

SILVIA. Das kannst du nicht! Und was hindert dich daran?

LISETTE. Monsieur Orgon hat es mir verboten.

SILVIA. Er hat es dir verboten! Das kann ich mir von meinem Vater nicht vorstellen.

LISETTE. Ausdrücklich verboten.

SILVIA. Dann beauftrage ich dich also, ihm meinen Widerwillen auszudrücken und ihm zu versichern, daß er unüberwindlich ist; ich könnte mir nicht vorstellen, daß er danach die Dinge noch weitertreiben wolle.

LISETTE. Aber Madame, was hat Ihr Zukünftiger denn nur so Unangenehmes, so Abstoßendes?

SILVIA. Er mißfällt mir, sage ich dir, und dein mangelnder Eifer ebenso.

LISETTE. Nehmen Sie sich die Zeit, ihn näher kennenzulernen – mehr wird von Ihnen gar nicht erwartet.

SILVIA. Ich hasse ihn genügend, um mir nicht die Zeit zu nehmen, ihn noch mehr zu hassen.

LISETTE. Hat Sie nicht vielleicht sein Diener, dieser Wichtigtuer, gegen ihn beeinflußt?

SILVIA. Dummes Ding! Was hat sein Diener damit zu tun.

LISETTE. Ich mißtraue ihm, er ist ein Schwätzer.

SILVIA. Laß deine Urteile, man kann mit ihnen nichts anfangen; ich achte darauf, daß dieser Diener wenig mit mir spricht, und das Wenige, das er zu mir gesagt hat, war immer sehr vernünftig.

LISETTE. Ich glaube, er bringt es fertig, Ihnen alberne Geschichten zu erzählen, nur um seinen Geist leuchten zu lassen.

SILVIA. Verdanke ich es nicht meiner Verkleidung, daß ich mir dummes Zeug sagen lassen muß? Auf wen hast du es abgesehen? Warum bist du so versessen darauf, diesen Jungen für eine Abneigung verantwortlich zu machen, an der er keinen Anteil hat? Jetzt zwingst du mich noch, ihn zu rechtfertigen; man braucht ihn nicht mit seinem Herrn zu entzweien, noch einen Spitzbuben aus ihm zu machen, bloß weil man mich als Närrin hinstellen will, die sich seine Geschichten anhört.

LISETTE. Oh, Madame, wenn Sie ihn in dem Ton verteidigen und auch noch böse werden, dann brauche ich nichts mehr zu sagen.

SILVIA. Wenn ich ihn in dem Ton verteidige! Was ist denn das für ein Ton, den du selbst anschlägst? Was soll dein Gerede bedeuten, was geht in deinem Hirn eigentlich vor?

LISETTE. Ich sage, Madame, daß ich Sie noch nie so gesehen

habe wie jetzt, und daß ich Ihren Ärger nicht begreife. Wenn der Diener nichts gesagt hat, dann um so besser, dann brauchen Sie sich gar nicht aufzuregen, um ihn zu rechtfertigen, ich glaube Ihnen auch so, ich persönlich habe durchaus nichts gegen Ihre gute Meinung von ihm.

SILVIA. Jetzt seht euch doch diese Böswilligkeit an, wie sie die Dinge verdreht! Ich bin so entrüstet, daß ich ... weinen könnte.

LISETTE. Wieso denn, Madame? Was für Hintergedanken hören Sie da nur heraus?

SILVIA. Ich, ich höre Hintergedanken heraus! Ich schimpfe seinetwegen mit dir! ich habe eine gute Meinung von ihm! So weit läßt du es an Achtung mir gegenüber fehlen! Eine gute Meinung, gerechter Himmel, eine gute Meinung! Was soll ich darauf antworten? Was soll das bitte heißen, mit wem redest du eigentlich? Wer ist vor so etwas sicher, was mit mir geschieht, wie weit sind wir denn gekommen?

LISETTE. Das weiß ich nicht, aber ich kann mich noch gar nicht von meiner Verwunderung über Sie erholen.

SILVIA. Sie hat eine Art zu reden, die mich rasend macht; geh jetzt, du bist unerträglich, laß mir meine Ruhe, ich werde andere Maßnahmen ergreifen.

Achte Szene

Silvia.

SILVIA. Ich zittere noch von dem, was sie gesagt hat; mit welcher Frechheit Dienstboten uns in ihrem Innern behandeln! Wie diese Leute uns herabziehen! Ich kann mich gar nicht beruhigen, ich wage gar nicht an die Wendungen zu denken, derer sie sich bedient hat, sie machen mir immer noch Angst. Es handelt sich um einen Diener: wie seltsam! Ich will den Gedanken wegschieben, mit dem das unverschämte Ding meine Fantasie verdunkelt hat. Da kommt Bourguignon, da kommt das besagte Objekt, dessentwegen ich mich errege; doch das liegt nicht an ihm, dem armen Jungen, und er soll es nicht zu spüren bekommen.

Neunte Szene

Dorante, Silvia.

DORANTE. Lisette, welche Abneigung du auch gegen mich haben magst, ich muß mit dir sprechen; ich glaube, ich muß mich über dich beschweren.

SILVIA. Wir wollen uns nicht mehr duzen, Bourguignon, ich bitte dich.

DORANTE. Wie du willst.

SILVIA. Du tust es aber immer noch.

DORANTE. Ebenso wie du, du sagst: ich bitte dich.

SILVIA. Das ist mir so herausgefahren.

DORANTE. Ach, glaub mir, es ist am besten, wir reden, wie wir können; es lohnt nicht, uns Zwang anzutun bei der kurzen Zeit, die wir uns noch sehen.

SILVIA. Reist dein Herr ab? Das wäre kein großer Verlust.

DORANTE. So wenig wie bei mir, nicht wahr? Ich vollende deinen Gedanken.

SILVIA. Ich könnte ihn selbst vollenden, wenn ich Lust dazu hätte, aber ich denke nicht an dich.

DORANTE. Und ich vergesse dich keinen Augenblick.

SILVIA. Hör zu, Bourguignon, ein für allemal: bleib, oder geh, oder komm zurück, all das muß mir gleichgültig sein und ist es mir auch, ich will dir weder Gutes noch Schlechtes, ich hasse dich nicht, noch liebe ich dich oder werde dich jemals lieben, es sei denn, mein Geist verwirrte sich. Jetzt kennst du meine Einstellung, meine Vernunft erlaubt mir keine andere, und eigentlich sollte ich es unterlassen, dir das zu sagen.

DORANTE. Mein Unglück ist unermeßlich, vielleicht raubst du mir die ganze Ruhe meines Lebens.

SILVIA. Was für eine Vorstellung er da im Kopf hat! Er tut mir leid: komm wieder zu dir; du sprichst mit mir, ich antworte dir, das ist sehr viel, das ist zu viel sogar, du kannst es mir glauben, und wenn du Bescheid wüßtest, wärst du wirklich zufrieden mit mir, du würdest mich für beispiellos gütig halten, von einer Güte, die ich bei jeder anderen tadeln würde. Trotzdem werfe ich sie mir nicht vor, mein Herz beruhigt mich, was ich tue ist lobenswert, ich spreche aus Großmut mit dir; aber das darf nicht so weitergehen, diese Art von Großmut ist nur vorübergehend gut, und es liegt mir nicht, mir ständig die Unschuld meiner Absichten zu versichern, das führt zu nichts. Deshalb wollen wir aufhören, Bourguignon; hören wir auf, bitte. Was bedeutet das denn? es ist lächerlich; komm, reden wir nicht mehr davon.

DORANTE. Ach, liebe Lisette, wie ich leide!

SILVIA. Kommen wir zu dem, was du mir sagen wolltest; du hattest dich über mich beschwert, als du hereinkamst, worum ging es?

DORANTE. Um nichts, eine Bagatelle, ich wollte dich sehen und habe wohl nur einen Vorwand gesucht.

SILVIA *(beiseite)*. Was soll ich dazu sagen! Wenn ich zornig würde, änderte das überhaupt nichts.

DORANTE. Ich glaube, deine Herrin wirft mir vor, ich würde meinen Herrn bei dir schlecht machen.

SILVIA. Das bildet sie sich ein, und wenn sie bei dir noch einmal davon anfängt, kannst du es einfach leugnen, ich kümmere mich um alles andere.

DORANTE. Ach, das ist es nicht, was mich bedrückt!

SILVIA. Wenn du mir sonst nichts zu sagen hast, haben wir beide nichts mehr miteinander zu tun.

DORANTE. Laß mir wenigstens das Vergnügen, dich zu sehen.

SILVIA. Welch hübsches Verlangen! Ich soll die Leidenschaft von Bourguignon unterhalten! Eines Tages wird mich die Erinnerung an all das zum Lachen bringen.

DORANTE. Du spottest über mich. Recht hast du, ich weiß nicht, was ich sage, noch was ich von dir erwarte. Adieu!

SILVIA. Adieu, du triffst eine gute Entscheidung ... Doch dein Abschied erinnert mich daran, ich würde gern noch etwas wissen: ihr reist ab, hast du gesagt, ist das sicher?

DORANTE. Was mich betrifft, ich muß abreisen, oder ich verliere den Verstand.

SILVIA. Wegen der Antwort habe ich dich wahrhaftig nicht zurückgehalten.

DORANTE. Und ich habe nur einen Fehler begangen, nämlich, daß ich nicht sofort abgereist bin, als ich dich gesehen habe.

SILVIA *(beiseite)*. Ich muß ständig vergessen, daß ich ihm zuhöre.

DORANTE. Wenn du wüßtest, Lisette, in welchem Zustand ich mich befinde ...

SILVIA. Oh, er ist nicht so interessant zu erfahren wie meiner, das versichere ich dir.

DORANTE. Was kannst du mir vorwerfen? Ich habe nicht die Absicht, dich zu betören.

SILVIA *(beiseite)*. Darauf sollte man sich nicht verlassen.

DORANTE. Und was könnte ich auch erhoffen, wenn ich versuchte, deine Zuneigung zu gewinnen? Ach, selbst wenn ich dein Herz besäße ...

SILVIA. Der Himmel soll mich bewahren! Auch wenn es dir gehörte, du wüßtest es nicht, und ich würde mich so gut anstellen, daß ich es selbst nicht wüßte; was für ein Gedanke ihm da gekommen ist!

DORANTE. Es ist also ganz gewiß, daß du mich nicht haßt, nicht liebst, und nie lieben wirst?

SILVIA. Ganz gewiß.

DORANTE. Ganz gewiß! Was ist denn so schrecklich an mir?

SILVIA. Gar nichts, da liegt es nicht, was dir schadet.

DORANTE. Dann sag es mir bitte hundertmal, teure Lisette, daß du mich nie lieben wirst.

SILVIA. Oh, das habe ich dir oft genug gesagt, versuche nun endlich, es mir zu glauben.

DORANTE. Ich muß es dir glauben! Zerstöre eine gefährliche

Leidenschaft, rette mich vor ihren Auswirkungen, die ich fürchte; du haßt mich nicht, du liebst mich nicht und wirst mich nie lieben. Vernichte mein Herz mit dieser Gewißheit. Ich bin aufrichtig, hilf mir gegen mich selbst, ich brauche deine Hilfe, ich flehe dich auf Knien um sie an. *(Er wirft sich ihr zu Füßen. In diesem Augenblick treten M. Orgon und Mario ein, ohne sich bemerkbar zu machen.)*

SILVIA. Da haben wir's. Das hat mir bei meinem Abenteuer noch gefehlt; ach, wie unglücklich ich bin! Nur mein Entgegenkommen hat ihn dahingebracht! Steh doch auf! Bourguignon, ich beschwöre dich, es könnte jemand kommen. Ich sage dir, was du möchtest, was willst du von mir? ich hasse dich nicht, steh auf; ich würde dich lieben, wenn ich es könnte, du mißfällst mir nicht, das muß dir genügen.

DORANTE. Wie, Lisette, wenn ich nicht das wäre, was ich bin, wenn ich reich wäre, von Stand, und dich so liebte, wie ich dich liebe, dann hätte dein Herz keinen Widerwillen gegen mich?

SILVIA. Sicher nicht.

DORANTE. Du würdest mich nicht hassen, würdest mich ertragen?

SILVIA. Gern, aber steh auf.

DORANTE. Du scheinst das ernst zu meinen, aber wenn es stimmt, dann ist es um meine Vernunft geschehen.

SILVIA. Ich sage dir, was du möchtest, und doch stehst du nicht auf.

Zehnte Szene

Monsieur Orgon, Mario, Silvia, Dorante.

M. ORGON. Es tut mir leid, euch zu unterbrechen, Kinder, das geht ja wunderbar, nur weiter so!

SILVIA. Ich konnte den Burschen nicht daran hindern, sich auf die Knie zu werfen, Monsieur, ich bin nicht in der Lage, ihm Achtung einzuflößen, glaube ich.

M. ORGON. Ihr paßt ausgezeichnet zueinander, ihr beiden;

aber ich möchte mit dir sprechen, Lisette, und ihr könnt eure Unterhaltung fortführen, wenn wir gegangen sind; seien Sie so freundlich, Bourguignon!

DORANTE. Ich ziehe mich zurück, Monsieur.

M. ORGON. Gehen Sie und versuchen Sie, etwas zurückhaltender von Ihrem Herrn zu sprechen als bisher.

DORANTE. Ich, Monsieur?

MARIO. Ja, Sie Monsieur Bourguignon. Sie sollen sich nicht gerade durch übertriebene Achtung Ihrem Herrn gegenüber auszeichnen, habe ich gehört.

DORANTE. Ich weiß nicht, was Sie damit sagen wollen.

M. ORGON. Adieu, adieu; Sie können sich ein andermal rechtfertigen.

Elfte Szene

Silvia, Mario, Monsieur Orgon.

M. ORGON. Nun, Silvia, du siehst uns nicht an, du scheinst sehr verlegen zu sein.

SILVIA. Ich, Vater? und was sollte der Grund für diese Verlegenheit sein? Ich bin wie gewöhnlich, dem Himmel sei dank; leider muß ich Ihnen sagen, daß Sie sich eine falsche Vorstellung machen.

MARIO. Da ist aber etwas, Schwester, da ist etwas.

SILVIA. Etwas in deinem Kopf vielleicht, was tut's; aber in meinem ist nur die Verwunderung über das, was du sagst.

M. ORGON. Also der Bursche, der eben hinausging, gibt dir die maßlose Abneigung ein, die du gegen seinen Herrn empfindest?

SILVIA. Wer? Der Diener von Dorante?

M. ORGON. Ja, der galante Bourguignon.

SILVIA. Der galante Bourguignon, dessen Attribut mir neu ist, spricht mir gegenüber nicht von ihm.

M. ORGON. Und doch wird behauptet, er mache ihn bei dir schlecht, und deshalb wollte ich mit dir sprechen.

SILVIA. Das ist nicht nötig, Vater, und einzig und allein sein Herr selbst hat mir meine natürliche Abneigung gegen ihn eingeflößt.

MARIO. Du kannst sagen, was du willst, Schwester, sie ist viel zu stark, um so natürlich zu sein, und irgend jemand hat dabei geholfen.

SILVIA *(heftig)*. Mit welch vielsagendem Gesichtsausdruck du mir das erklärst, Bruder! Und wer ist bitte dieser jemand, der dabei geholfen haben soll, hm?

MARIO. Was für eine Laune du hast, wie du dich gleich erregst!

SILVIA. Weil ich meine Rolle satt habe, und ich hätte mich schon längst zu erkennen gegeben, wenn ich nicht fürchtete, unsern Vater zu verärgern.

M. ORGON. Hüte dich, Tochter, das zu tun, ich bin deshalb hergekommen, um es dir noch einmal einzuschärfen. Da ich so freundlich war, dir deine Verkleidung zu erlauben, mußt du bitte auch so freundlich sein, dein Urteil über Dorante aufzuschieben und zu prüfen, ob die Abneigung, die man dir gegen ihn eingeflößt hat, auch berechtigt ist.

SILVIA. Sie hören mir also gar nicht zu, Vater! Ich sage Ihnen doch, daß niemand sie mir eingeflößt hat.

MARIO. Wie, der Schwätzer, der eben hier war, sollte ihn dir nicht ein bißchen verekelt haben?

SILVIA *(hitzig)*. Wie unfreundlich deine Worte sind! Mir verekelt haben, verekelt! Ich bekomme hier wirklich seltsame Ausdrücke zu hören, lauter unglaubliche Dinge, eine unbegreifliche Sprache; ich bin verlegen, da ist etwas, und dann ist es der galante Bourguignon, der mir Dorante verekelt hat; alles, was ihr wollt, aber ich begreife kein Wort davon.

MARIO. Im Augenblick bist du seltsam, Schwester. Auf wen hast du nur solchen Zorn? Wieso bist du so gereizt, und welcher Gedanken verdächtigst du uns?

SILVIA. Nur so weiter, Bruder; ein Verhängnis will es, daß du heute kein Wort sagen kannst, ohne mich zu verärgern! Welchen Verdacht soll ich denn haben? Siehst du Gespenster?

M. ORGON. Du bist tatsächlich so erregt, daß ich dich auch nicht wiedererkenne. Offensichtlich hat Lisette deswegen mit uns gesprochen; sie hätte dem Diener vorgeworfen, daß er dich nicht zu Gunsten seines Herrn beeinflußt hätte, und Madame, sagte sie, hat ihn mit so viel Zorn gegen mich verteidigt, daß ich noch immer sehr verwundert bin, und wegen dieses Ausdrucks verwundert haben wir mit ihr geschimpft; aber solche Leute kennen die Bedeutung eines Wortes nicht.

SILVIA. Das unverschämte Ding! Sie ist das hassenswerteste Mädchen, das es überhaupt gibt. Ich gebe zu, daß ich böse geworden bin, aus Gerechtigkeit gegen diesen Jungen.

MARIO. Darin sehe ich nichts Schlimmes.

SILVIA. Nichts ist natürlicher. Wie, nur weil ich gerecht bin und möchte, daß man niemandem schadet, nur weil ich einen Diener vor dem Unrecht bewahren möchte, das man ihm bei seinem Herrn antun will, heißt es gleich, ich hätte Wutanfälle, Zornausbrüche, und man ist verwundert über sie; einen Augenblick später schwatzt eine dumme Gans böswilliges Zeug, und man muß sich ärgern, sie zum Schweigen bringen und meine Partei gegen sie ergreifen wegen der Bedeutung ihrer Worte! Meine Partei! Ich habe es also nötig, daß man mich verteidigt, mich rechtfertigt? Was ich tue, könnte also falsch ausgelegt werden? Aber was tue ich denn? was wirft man mir denn vor? Verratet es mir doch, ich flehe euch an; ist es ernst, hält man mich zum besten, macht sich jemand über mich lustig? Ich habe keine Ruhe mehr.

M. ORGON. Sachte, sachte.

SILVIA. Nein, Vater. Nichts von sachte. Verwunderungen, Bedeutungen! Was soll das heißen? Sagen Sie es doch! Man verdächtigt den Diener, aber zu Unrecht; ihr täuscht euch alle, Lisette ist eine Närrin, er hat keine Schuld, und das ist alles; weshalb fangt ihr bei mir noch einmal davon an? Ich bin wirklich empört!

M. ORGON. Du hältst dich zurück, liebe Tochter, denn du hättest große Lust, auch mit mir zu schimpfen; aber wir wollen etwas Besseres tun: dieser Diener ist allein verdächtig, Dorante braucht ihn also nur wegzujagen.

SILVIA. Diese unselige Verkleidung! Lisette soll mir nicht unter die Augen kommen, ich hasse sie noch mehr als Dorante.

M. ORGON. Du brauchst sie nur zu sehen, wenn du willst; aber du müßtest doch entzückt sein, daß der Bursche verschwindet, denn er liebt dich, und das ist dir offensichtlich lästig.

SILVIA. Ich kann mich nicht über ihn beklagen, er hält mich für eine Zofe und redet in dem entsprechenden Ton mit mir; aber er sagt mir nicht, was er will, darauf achte ich.

MARIO. Du hast das nicht so in der Hand, wie du behauptest.

M. ORGON. Haben wir ihn nicht gegen deinen Willen zu deinen Füßen gesehen? Warst du nicht gezwungen, ihm zu erklären, daß er dir nicht mißfällt, nur damit er aufsteht?

SILVIA *(beiseite)*. Ich ersticke.

MARIO. Und als er dich gefragt hat, ob du ihn unter bestimmten Umständen lieben würdest, hast du noch zärtlich hinzufügen müssen: gern, sonst läge er jetzt noch da.

SILVIA. Eine hübsche Bemerkung, lieber Bruder, aber da die Sache mir wenig gefallen hat, ist das Erinnern daran nicht sehr freundlich. Ach, reden wir doch ernsthaft: wann ist endlich Schluß mit der Komödie, die ihr auf meine Kosten spielt?

M. ORGON. Ich verlange nichts weiter von dir, liebe Tochter, als daß du Dorante nicht abweist, bevor du nicht eine genaue Kenntnis der Sache hast; warte noch etwas, du wirst mir für den Aufschub, den ich verlange, noch dankbar sein, dafür stehe ich ein.

MARIO. Du wirst Dorante heiraten, und sogar aus Zuneigung, das sage ich dir voraus ... Doch, lieber Vater, ich bitte Sie um Gnade für den Diener.

SILVIA. Warum Gnade? Ich will, daß er abreist.

M. ORGON. Sein Herr wird darüber entscheiden, gehen wir.

MARIO. Adieu, adieu, liebe Schwester, und keinen Groll.

Zwölfte Szene

Silvia allein, Dorante kommt kurz darauf.

SILVIA. Ach, wie schwer mir das Herz ist! Ich weiß nicht, was sich in die Verwirrung mischt, die ich empfinde, das ganze Abenteuer macht mich traurig; ich mißtraue allen Gesichtern und bin mit niemandem zufrieden, auch mit mir nicht.

DORANTE. Ich habe dich gesucht, Lisette.

SILVIA. Es lohnt nicht der Mühe, mich zu finden, denn ich weiche dir aus.

DORANTE *(hindert sie am Weggehen).* Bitte bleib, Lisette, ich muß ein letztes Mal mit dir sprechen, es geht um eine wichtige Sache, die deine Herrschaft betrifft.

SILVIA. Sag sie ihnen selbst, ich treffe dich nie, ohne daß es Ärger gibt, laß mich in Ruh!

DORANTE. Das könnte ich dir zurückgeben; aber hör mich bitte an, du wirst sehen, wie sich die Dinge ändern durch das, was ich dir sagen will.

SILVIA. Also dann rede, ich höre dich an, da es nun einmal beschlossen ist, daß meine Nachgiebigkeit dir gegenüber keine Grenzen hat.

DORANTE. Versprichst du mir, das Geheimnis zu wahren?

SILVIA. Ich habe noch nie jemanden verraten.

DORANTE. Du verdankst die Mitteilung, die ich dir machen werde, nur der Achtung, die ich für dich empfinde.

SILVIA. Das glaube ich; aber versuche mich zu achten, ohne es mir zu sagen, denn das riecht nach einem Vorwand.

DORANTE. Du täuschst dich, Lisette: du hast mir versprochen, das Geheimnis zu wahren, ich rede also zu Ende. Du hast mich in großer Erregung gesehen, ich konnte mich nicht beherrschen, dich zu lieben.

SILVIA. Da haben wir's; ich beherrsche mich aber, dich anzuhören; adieu.

DORANTE. Bleib, es ist nicht mehr Bourguignon, der mit dir spricht.

SILVIA. Oh, und wer bist du?

DORANTE. Ach, Lisette, jetzt wirst du die Qual verstehen, die mein Herz empfunden hat.

SILVIA. Ich rede nicht mit deinem Herzen, ich rede mit dir.

DORANTE. Kommt auch niemand?

SILVIA. Nein.

DORANTE. Die Lage der Dinge zwingt mich, es dir zu sagen, ich bin ein zu redlicher Mensch, um nicht ihren Lauf anzuhalten.

SILVIA. Meinetwegen.

DORANTE. Du sollst wissen, daß jener, der bei deiner Herrin ist, nicht das ist, wofür man ihn hält.

SILVIA *(lebhaft)*. Und was ist er?

DORANTE. Ein Diener.

SILVIA. Und?

DORANTE. Ich bin Dorante.

SILVIA *(beiseite)*. Oh, ich sehe klar in meinem Herzen.

DORANTE. Ich wollte in diesem Aufzug ein wenig deine Herrin erforschen, bevor ich sie heirate. Mein Vater erlaubte mir mein Vorhaben, und das Abenteuer erscheint mir wie ein Traum: ich hasse die Herrin, deren Ehemann ich werden soll, und liebe die Zofe, die in mir nur einen neuen Herrn finden sollte. Was soll ich machen? Ich erröte für deine Herrin, es zu sagen, aber sie hat so wenig Geschmack, daß sie ganz verliebt in meinen Diener ist und ihn heiraten würde, wenn man sie gewähren ließe. Welche Entscheidung soll ich treffen?

SILVIA *(beiseite)*. Ich will ihm verheimlichen, wer ich bin ... *(Laut.)* Ihre Lage ist etwas Neues, ganz sicher! Aber Monsieur, ich möchte mich zunächst für alle Respektlosigkeiten entschuldigen, die vielleicht in meinen Reden waren.

DORANTE *(heftig).* Schweig Lisette; deine Entschuldigungen kränken mich, sie erinnern mich an den Standesunterschied, der uns trennt, und machen ihn mir nur noch schmerzlicher.

SILVIA. Sind Ihre Gefühle für mich so ernst? Lieben Sie mich so sehr?

DORANTE. So sehr, daß ich jeder anderen Bindung entsagen werde, da es mir nicht erlaubt ist, mein Schicksal mit deinem zu verbinden; und in dieser Lage war die einzige Süße für mich, daß ich glaubte, du seist mir gewogen.

SILVIA. Ein Herz, das mich trotz meines Standes ausgewählt hat, ist gewiß würdig, erhört zu werden, und ich würde es gern mit meinem belohnen, wenn ich nicht fürchten müßte, es ginge damit eine unangemessene Bindung ein.

DORANTE. Hast du nicht schon genügend Reize, Lisette? Fügst du ihnen noch die Großmut hinzu, mit der du zu mir sprichst?

SILVIA. Ich höre jemanden kommen; gedulden Sie sich noch etwas mit Ihrem Diener, die Dinge nehmen nicht so schnell ihren Lauf, wir sehen uns wieder und werden ein Mittel suchen, Ihre Lage zu retten.

DORANTE. Ich will deinen Ratschlägen folgen. *(Geht ab.)*

SILVIA. Es ist Dorante! Das kam zur rechten Zeit für mich.

Dreizehnte Szene

Silvia, Mario.

MARIO. Ich komme noch einmal zurück, Schwester: wir haben dich in einer Verwirrung zurückgelassen, die mir leid tut; ich möchte dich aus ihr befreien, hör zu.

SILVIA *(lebhaft).* Ach, Bruder, es gibt ganz andere Neuigkeiten.

MARIO. Welche denn?

SILVIA. Es ist nicht Bourguignon, Bruder, sondern Dorante.

MARIO. Von wem redest du?

SILVIA. Von ihm, hörst du, ich habe es eben erfahren, er ist gerade weggegangen, er hat es mir selbst gesagt.

MARIO. Wer denn nur?

SILVIA. Verstehst du mich denn nicht?

MARIO. Ich will des Todes sein, wenn ich etwas begreife!

SILVIA. Komm, wir wollen unsern Vater aufsuchen, er muß es erfahren; auch dich brauche ich, Bruder: ich habe einen neuen Einfall, du mußt so tun, als liebtest du mich, du hattest bereits im Scherz so etwas angedeutet; aber vor allem mußt du das Geheimnis hüten, bitte ...

MARIO. Das hüte ich gern, denn ich weiß gar nicht, worum es geht.

SILVIA. Auf, Bruder, komm, verlieren wir keine Zeit; so etwas hat es noch nie gegeben!

MARIO. Gütiger Himmel, mach, daß sie nicht überschnappt.

Dritter Akt

Erste Szene

Dorante, Arlequin.

ARLEQUIN. Ach, Monsieur, mein sehr verehrter, lieber Herr, ich flehe Sie an.

DORANTE. Was willst du denn noch?

ARLEQUIN. Haben Sie doch Erbarmen mit meinem schönen Abenteuer, verderben Sie nicht mein Glück, das so freundlich seinen Lauf nimmt, versperren Sie ihm nicht den Weg.

DORANTE. Du elender Wicht, ich glaube, du machst dich lustig über mich! Hundert Stockschläge verdientest du.

ARLEQUIN. Ich weise sie nicht zurück, falls ich sie verdiene; aber wenn ich sie bekommen habe, dann erlauben Sie mir, neue zu verdienen; soll ich den Stock holen?

DORANTE. Lumpenkerl!

ARLEQUIN. Lumpenkerl, meinetwegen, aber deswegen kann man trotzdem sein Glück machen.

DORANTE. Dieser Halunke! Wie einfallsreich er plötzlich ist!

ARLEQUIN. Halunke ist auch gut, es paßt ebenfalls zu mir: ein Lumpenkerl wird nicht beleidigt, wenn man ihn einen Halunken nennt; aber ein Halunke kann eine gute Heirat machen.

DORANTE. Was denn, du frecher Kerl, du willst, daß ich einen redlichen Mann im Irrtum lasse und es dulde, daß du seine Tochter unter meinem Namen heiratest? Höre, wenn du noch einmal von dieser Unverschämtheit anfängst, sage ich Monsieur Orgon, wer du bist, und jage dich fort, verstehst du?

ARLEQUIN. Wir wollen uns einigen: das Fräulein verehrt mich, sie betet mich an; wenn ich ihr meinen Stand als Diener erkläre und ihr zärtliches Herz nichtsdestotrotz noch weiter lüstern auf die Ehe mit mir ist, dann lassen Sie die Hochzeitsgeigen spielen, ja?

DORANTE. Sobald man weiß, wer du bist, kümmere ich mich nicht mehr darum.

ARLEQUIN. Gut! ich gehe stehenden Fußes, um die großmütige Dame über mein Kostüm aufzuklären, und ich hoffe, daß uns eine farbige Litze nicht auseinanderbringt, sondern daß ihre Liebe mich an die Tafel setzen wird, dem Schicksal zum Trotz, das mich nur vor die Anrichte gestellt hat.

Zweite Szene

Dorante allein, später Mario.

DORANTE. Alles, was hier vorgeht, alles, was ich selbst erlebt habe, ist unglaublich ... Ich würde aber gern Lisette treffen und erfahren, ob sie bei ihrer Herrin Erfolg hatte mit dem, was sie zu tun versprochen hat, um mich aus meiner Verlegenheit zu befreien. Ich will sehen, ob ich sie allein sprechen kann.

MARIO. Einen Augenblick, Bourguignon, ich möchte ein Wort mit Ihnen reden.

DORANTE. Was steht zu Diensten, Monsieur?

MARIO. Sie machen Lisette den Hof?

DORANTE. Sie ist so reizend, daß es schwerfiele, mit ihr nicht über Liebe zu reden.

MARIO. Wie nimmt sie auf, was Sie ihr sagen?

DORANTE. Sie scherzt darüber, Monsieur.

MARIO. Du bist intelligent, heuchelst du auch nicht?

DORANTE. Nein; aber was kümmert Sie das? Angenommen, Lisette empfände eine Neigung für mich ...

MARIO. Empfände eine Neigung für mich! Wo nehmen Sie Ihre Sprache her? Sie haben eine sehr gewählte Ausdrucksweise für einen Burschen Ihrer Art.

DORANTE. Anders kann ich nicht reden, Monsieur.

MARIO. Offensichtlich attackieren Sie Lisette mit solchen kleinen Delikatessen; damit ahmt man den vornehmen Herrn nach.

DORANTE. Ich versichere Ihnen, Monsieur, daß ich niemanden nachahme; aber wahrscheinlich sind Sie nicht gekommen, um mir Überheblichkeit vorzuwerfen, sondern Sie wollten mir etwas sagen; wir sprachen von Lisette, von meinen Gefühlen zu ihr und dem Interesse, das Sie daran nehmen.

MARIO. Verdammt, das klingt ja schon nach Eifersucht, was du da sagst; mäßige dich ein wenig. Also du hast mir erklärt, angenommen, Lisette empfände eine Neigung für dich ... was dann?

DORANTE. Warum müssen Sie das wissen, Monsieur?

MARIO. Aus einem sehr einfachen Grund: Weil ich trotz des scherzhaften Tones, den ich vorhin anschlug, sehr böse wäre, wenn sie dich liebte; ohne weitere Erklärungen verbiete ich dir, dich weiter um sie zu kümmern; nicht eigentlich weil ich fürchte, sie könnte dich lieben, dafür hat sie wohl ein zu vornehmes Herz, aber weil es mir mißfällt, Bourguignon als Rivalen zu haben.

DORANTE. Auf Ehre, das glaube ich Ihnen, denn Bourguignon, auch wenn er nur Bourguignon ist, hat ebenfalls wenig Freude daran, daß Sie der seine sind.

MARIO. Er wird sich daran gewöhnen.

DORANTE. Das muß er wohl; Sie lieben Lisette also sehr, Monsieur?

MARIO. Genügend, um mich ernsthaft an sie zu binden, sobald ich bestimmte Maßnahmen getroffen habe; verstehst du, was das bedeutet?

DORANTE. Ja, ich glaube, ich weiß Bescheid, und wenn es sich so verhält, werden Sie sicher auch geliebt?

MARIO. Was glaubst du denn? Sehe ich so aus, als verdiente ich das nicht?

DORANTE. Sie erwarten hoffentlich nicht, daß Ihr eigener Rivale Sie lobt.

MARIO. Die Antwort ist klug, ich verzeihe sie dir; aber leider kann ich nicht behaupten, ich würde geliebt, und das sage ich nicht, um dir Rechenschaft abzulegen, wie du dir denken kannst, sondern weil man die Wahrheit sagen soll.

DORANTE. Sie verblüffen mich, Monsieur. Lisette weiß also nichts von Ihren Absichten?

MARIO. Lisette weiß von allem Guten, das ich ihr wünsche, doch scheint sie unempfindlich dagegen zu sein; aber ich hoffe, die Vernunft gewinnt mir ihr Herz. Adieu, geh jetzt, ohne zu murren. Ihre Gleichgültigkeit gegen mich, trotz allem, was ich ihr biete, soll dich für das Opfer trösten, das du mir bringst ... Deine Livrée ist nicht geeignet, die Waagschale zu deinen Gunsten zu neigen, und außerdem steht es dir nicht zu, gegen mich zu kämpfen.

Dritte Szene

Silvia, Dorante, Mario.

MARIO. Ach, da bist du ja, Lisette!

SILVIA. Was haben Sie, Monsieur? Sie scheinen erregt zu sein?

MARIO. Nichts weiter, ich habe nur ein paar Worte mit Bourguignon gewechselt.

SILVIA. Er ist traurig, haben Sie mit ihm geschimpft?

DORANTE. Monsieur hat mich wissen lassen, daß er Sie liebt, Lisette.

SILVIA. Dafür kann ich nichts.

DORANTE. Und verbietet mir, Sie zu lieben.

SILVIA. Er verbietet mir also, Ihnen liebenswert zu erscheinen?

MARIO. Ich kann nicht verhindern, daß er dich liebt, schöne Lisette, aber ich will nicht, daß er es dir erklärt.

SILVIA. Er erklärt es mir nicht, er wiederholt es nur noch.

MARIO. Zumindest wird er es dir nicht wiederholen, wenn ich dabei bin; gehen Sie jetzt, Bourguignon.

DORANTE. Ich warte, bis sie es mir befiehlt.

MARIO. Schon wieder?

SILVIA. Er sagt, er wartet; gedulden Sie sich doch ein wenig.

DORANTE. Empfinden Sie eine Neigung für Monsieur?

SILVIA. Wie, Liebe? Oh, ich glaube nicht, daß man sie mir verbieten muß.

DORANTE. Täuschen Sie mich nicht?

MARIO. Ich spiele hier eine hübsche Rolle; er soll endlich hinausgehen. Mit wem spreche ich eigentlich?

DORANTE. Mit Bourguignon, ganz einfach.

MARIO. Na also; er soll gefälligst gehn!

DORANTE *(beiseite)*. Wie ich leide!

SILVIA. Geben Sie nach, denn er wird böse.

DORANTE *(leise zu Silvia)*. Vielleicht ist Ihnen das nur allzu lieb.

MARIO. Jetzt ist aber Schluß.

DORANTE. Sie hatten mir von dieser Liebe nichts gesagt, Lisette.

Vierte Szene

Monsieur Orgon, Mario, Silvia.

SILVIA. Ihr müßt zugeben, daß ich sehr undankbar wäre, wenn ich diesen Mann nicht liebte.

MARIO *(lacht)*. Ha! ha! ha! ha!

M. ORGON. Worüber lachst du, Mario?

MARIO. Über den Zorn von Dorante, als er wegging, weil ich ihn gezwungen habe, Lisette in Ruhe zu lassen.

SILVIA. Was hat er dir in euerm kurzen Gespräch denn gesagt?

MARIO. Ich habe noch nie einen Menschen in solcher Verlegenheit gesehen und so wütend.

M. ORGON. Es tut mir nicht einmal leid, daß er auf seine eigene List hereingefallen ist, und im übrigen, wenn man es genau nimmt, ist alles, was du bisher unternommen hast, liebe Tochter, höchst schmeichelhaft und erfreulich für ihn; doch genug jetzt davon.

MARIO. Aber wie weit ist er nun, Schwester?

SILVIA. Ach, Bruder, ich muß dir gestehen, daß ich Grund habe, zufrieden zu sein.

MARIO. Ach, Bruder, sagt sie. Fühlt ihr den süßen Frieden, der sich in ihre Worte mischt?

M. ORGON. Wie, Tochter, du hoffst, daß er so weit geht, dir als Zofe seine Hand anzubieten?

SILVIA. Ja, liebster Vater, das hoffe ich.

MARIO. Wie raffiniert: liebster Vater! Jetzt schimpfst du nicht mehr mit uns, jetzt bist du honigsüß.

SILVIA. Du verzeihst mir auch gar nichts.

MARIO. Ha! ha! ich räche mich nur; vorhin hast du mich wegen meiner Ausdrücke verspottet, jetzt mache ich mich über deine lustig; deine Freude ist ebenso amüsant, wie es deine Aufregung war.

M. ORGON. Du sollst dich über mich nicht beklagen müssen, Tochter, ich willige in alles ein, was du möchtest.

SILVIA. Ach, Vater, wenn Sie wüßten, wie dankbar ich Ihnen dafür bin! Wir sind beide füreinander bestimmt, Dorante und ich, er muß mich heiraten; wenn Sie wüßten, wie hoch ich ihm anrechne, was er heute für mich tut, wie mein Herz das Übermaß von Zärtlichkeit, das er mir beweist, in Erinnerung behalten wird! Wenn Sie wüßten, wie reizvoll das alles unsere Verbindung machen wird! Er wird sich nie an diese Geschichte erinnern können, ohne mich zu lieben, und ich ebensowenig. Sie haben unser Glück für unser ganzes Leben begründet, indem Sie mich gewähren ließen; das ist eine einzigartige Heirat; das ist ein Abenteuer, dessen Bericht allein rührend ist; das ist das seltsamste Spiel des Zufalls, das glücklichste, das ...

MARIO. O je, o je, Schwester! Welche Beredsamkeit! wie ist dein Herz mitteilsam!

M. ORGON. Ich muß gestehen, du bereitest dir da ein ganz reizendes Vergnügen, vor allem, wenn du deine Sache zu Ende führst.

SILVIA. Sie ist so gut wie beendet. Dorante ist besiegt, ich erwarte meinen Gefangenen.

MARIO. Seine Fesseln werden aus reinerem Gold sein, als er denkt; aber ich glaube, seine Seele leidet, und ich habe Mitleid mit seinem Schmerz.

SILVIA. Daß es ihn so viel kostet, sich zu entscheiden, macht ihn mir noch schätzenswerter: er glaubt, seinen Vater zu enttäuschen und seine Geburt zu verleugnen. Das sind wichtige Überlegungen: ich bin glücklich, wenn ich sie besiege! Doch muß ich mir diesen Sieg erringen, er darf ihn mir nicht schenken, ich will einen Kampf zwischen Liebe und Vernunft.

MARIO. Und die Vernunft soll dabei auf der Strecke bleiben?

M. ORGON. Das heißt also, er soll das ganze Ausmaß der Herausforderung empfinden, die er auf sich zu nehmen glaubt; welch eine unersättliche, selbstgefällige Eigenliebe!

MARIO. Es ist die Eigenliebe einer Frau, ganz einfach.

Fünfte Szene

Monsieur Orgon, Silvia, Mario, Lisette.

M. ORGON. Still, da kommt Lisette; wir wollen hören, was sie von uns will.

LISETTE. Monsieur, Sie haben mir vorhin gesagt, daß Sie mir Dorante überlassen, daß Sie seinen Kopf meiner Gnade anvertrauen; ich habe Sie beim Wort genommen, ich habe gearbeitet, als wäre es für mich, und Sie werden ein gelungenes Werk sehen, das versichere ich Ihnen, der Kopf ist in gutem Zustand. Was soll ich nun damit machen, überläßt Madame ihn mir?

M. ORGON. Noch einmal, Tochter, erhebst du Anspruch auf ihn?

SILVIA. Nein, ich schenke ihn dir, Lisette, ich überlasse dir alle meine Rechte, und um mich wie du auszudrücken, ich würde mich nie für ein Herz interessieren, das ich nicht selbst bearbeitet hätte.

LISETTE. Wie, Sie wollen wirklich, daß ich ihn heirate, und Monsieur will es wirklich auch?

M. ORGON. Ja, er soll sich damit abfinden, warum liebt er dich?

MARIO. Ich bin auch einverstanden.

LISETTE. Ich auch, und ich danke Ihnen allen.

M. ORGON. Halt, Lisette; ich mache allerdings eine kleine Einschränkung; um uns von dem zu entlasten, was daraus entsteht, mußt du ihm ein bißchen zu erkennen geben, wer du bist.

LISETTE. Wenn ich es ihm ein bißchen sage, weiß er es gleich ganz.

M. ORGON. Nun, wird der in so gutem Zustand befindliche Kopf diese Erschütterung nicht aushalten? Ich glaube nicht, daß Dorante von der Art ist, die sich davon schrekken läßt.

LISETTE. Dort ist er und sucht mich, seien Sie bitte so freundlich und überlassen Sie mir das Feld, es geht um mein Meisterwerk.

M. ORGON. Das ist wahr, gehen wir also.

SILVIA. Von Herzen gern.

MARIO. Sehr gut.

Sechste Szene

Lisette, Arlequin.

ARLEQUIN. Endlich sehe ich Sie, meine Königin, und jetzt werde ich mich nie mehr von Ihnen trennen, denn ich habe allzu sehr für Ihre Abwesenheit gebüßt, und ich hatte den Eindruck, daß Sie meiner Anwesenheit ausgewichen sind.

LISETTE. Ich muß gestehen, Monsieur, daran stimmt etwas.

ARLEQUIN. Wie, teure Seele, Labtrunk meines Herzens, haben Sie das Ende meines Lebens beschlossen?

LISETTE. Nein, mein Lieber, seine Dauer ist mir viel zu kostbar.

ARLEQUIN. Oh, diese Worte geben mir wieder Kraft.

LISETTE. Und Sie dürfen nicht an meinen zärtlichen Gefühlen zweifeln.

ARLEQUIN. Ich wollte, ich könnte diese lieben Wörtchen küssen und sie mit meinen Lippen von Ihrem Munde pflücken.

LISETTE. Aber Sie hatten mich wegen unserer Hochzeit gedrängt, und mein Vater hatte mir noch nicht erlaubt, Ihnen zu antworten; ich habe eben mit ihm gesprochen und darf Ihnen sagen, daß Sie ihn um meine Hand bitten dürfen, wann immer Sie wollen.

ARLEQUIN. Bevor ich ihn darum bitte, müssen Sie erst erlauben, daß ich Sie darum bitte; ich will ihr meinen Dank für die Barmherzigkeit abstatten, daß sie die meine ergreifen will, die ihrer wahrhaftig unwürdig ist.

LISETTE. Ich weigere mich nicht, sie Ihnen einen Moment zu überlassen, vorausgesetzt, Sie nehmen sie für immer.

ARLEQUIN. Liebe süße kleine Patschhand, ich nehme dich, ohne zu feilschen; ich ängstige mich nicht um die Ehre, die du mir machen wirst, aber die, die ich dir machen soll, die verursacht mir Kummer.

LISETTE. Sie machen mir mehr, als mir zusteht.

ARLEQUIN. O nein, o nein, von dieser Mathematik verstehen Sie nicht so viel wie ich.

LISETTE. Dennoch betrachte ich Ihre Liebe wie ein Geschenk des Himmels.

ARLEQUIN. Das Geschenk, das er Ihnen da gemacht hat, wird ihn kaum ruinieren, er ist sehr knausrig.

LISETTE. Ich finde ihn überaus freigebig.

ARLEQUIN. Weil Sie es nicht am hellichten Tage sehen.

LISETTE. Sie wissen gar nicht, wie sehr Ihre Bescheidenheit mich in Verlegenheit bringt.

ARLEQUIN. Verausgaben Sie sich nicht mit Ihrer Verlegenheit; ich wäre sehr unverschämt, wenn ich nicht bescheiden wäre.

LISETTE. Ach, Monsieur, muß ich Ihnen sagen, daß ich es bin, die durch Ihre zärtlichen Gefühle geehrt wird?

ARLEQUIN. Ui! Ui! ich weiß nicht mehr wohin.

LISETTE. Noch einmal, Monsieur, ich kenne mich.

ARLEQUIN. Oh, ich kenne mich auch sehr gut, und diese Bekanntschaft ist für mich nichts Besonderes, so wenig wie für Sie, wenn Sie sie gemacht haben; der Teufel hol's, aber Sie wissen nicht, was Sie erwartet.

LISETTE *(beiseite).* So viel Selbsterniedrigung ist nicht natürlich. *(Laut.)* Wieso sagen Sie mir das?

ARLEQUIN. Da liegt nämlich der Hase im Pfeffer.

LISETTE. Ja und? Sie beunruhigen mich: sind Sie etwa nicht...?

ARLEQUIN. Ui! Ui! Sie ziehen mir die Decke weg.

LISETTE. Ich möchte gern wissen, worum es geht.

ARLEQUIN *(beiseite).* Ich muß die Sache etwas vorbereiten... *(Laut.)* Madame, ist Ihre Liebe widerstandsfähig, hält sie die Anstrengung aus, die ich ihr zumuten werde, jagt ein schlechtes Lager ihr Angst ein? Ich werde sie sehr bescheiden unterbringen.

LISETTE. Befreien Sie mich von meiner Ungewißheit. Heraus damit, wer sind Sie?

ARLEQUIN. Ich bin ... Haben Sie noch nie Falschgeld gesehen? Wissen Sie, was ein falscher Louisdor ist? Na, so einem bin ich ziemlich ähnlich.

LISETTE. Nun sagen Sie schon, wie heißen Sie?

ARLEQUIN. Wie ich heiße? *(Beiseite.)* Soll ich ihr sagen Arlequin? Nein, das reimt sich so gut auf Kretin.

LISETTE. Na?

ARLEQUIN. Verdammt, hier muß ich mich ein bißchen anstrengen! Ist Ihnen der Soldatenstand zuwider?

LISETTE. Was verstehen Sie unter einem Soldaten?

ARLEQUIN. Na, zum Beispiel einen Vorzimmersoldaten.

LISETTE. Ein Vorzimmersoldat? Also rede ich etwa gar nicht mit Dorante?

ARLEQUIN. Das ist mein Major.

LISETTE. Verdammtes Schlitzohr!

ARLEQUIN *(beiseite).* Dem Reim konnte ich nicht entgehen.

LISETTE. Jetzt seht euch den Hammel an!

ARLEQUIN. Das ist ein jäher Sturz.

LISETTE. Seit einer Stunde bitte ich ihn um Gnade und verausgabe mich in Demut wegen dieser Kreatur da!

ARLEQUIN. Ach, Madame, wenn Ihnen die Liebe wichtiger wäre als das Ansehen, hätten Sie mit mir so viel gewonnen wie mit einem feinen Herrn.

LISETTE *(lachend)*. Ha, ha, ha; ich muß trotzdem über ihn lachen mit seinem Ansehen, und etwas anderes bleibt mir auch gar nicht übrig ... Geh, mein Ansehen vergibt dir, es ist gnädig.

ARLEQUIN. Ganz und gar, großmütige Dame? Ach, wieviel Dankbarkeit meine Liebe Ihnen verspricht!

LISETTE. Schlag ein, Arlequin; ich bin hereingefallen: der Vorzimmersoldat von Monsieur ist der Zofe von Madame durchaus würdig.

ARLEQUIN. Der Zofe von Madame!

LISETTE. Das ist mein Major, oder das Gegenstück dazu.

ARLEQUIN. Du Larve!

LISETTE. Räch dich doch.

ARLEQUIN. Jetzt seht euch das Schaf an, wegen dem ich mich seit einer Stunde in meiner Beschämung verheddere!

LISETTE. Kommen wir zur Sache: liebst du mich?

ARLEQUIN. Alle Wetter, ja; mit deinem Namen hast du keineswegs das Gesicht gewechselt, und du weißt doch, daß wir uns Treue geschworen haben, trotz aller Schönheitsfehler.

LISETTE. Geh, das Unglück ist nicht groß, trösten wir uns; wir wollen uns nichts anmerken lassen und uns nicht lächerlich machen. Es hat allen Anschein, als wüßte dein Herr noch nicht über meine Herrin Bescheid, sag ihm nichts, wir wollen die Dinge lassen, wie sie sind; ich glaube, da kommt er. Monsieur, ich bin Ihre Dienerin.

ARLEQUIN. Und ich Ihr Diener, Madame. *(Lachend.)* Ha! ha! ha!

Siebte Szene

Dorante, Arlequin.

DORANTE. So, du hast mit der Tochter von Monsieur Orgon gesprochen; hast du ihr gesagt, wer du bist?

ARLEQUIN. Alle Wetter, ja; das liebe Kind, ihr Herz war sanfter als das eines Lammes, es hat keinen Mucks von sich gegeben. Als ich ihr sagte, ich hieße Arlequin und trüge eine Dienerkleidung: ach, lieber Freund, hat sie da zu mir gesagt, jeder Mensch hat seinen Namen im Leben, und jeder seine Kleidung, die Ihre kostet Sie nichts, und dennoch ist sie entzückend.

DORANTE. Was für eine blödsinnige Geschichte erzählst du mir da?

ARLEQUIN. Jedenfalls werde ich um ihre Hand anhalten.

DORANTE. Wie, sie willigt in eine Ehe mit dir ein?

ARLEQUIN. Sie ist ganz krank danach.

DORANTE. Du lügst mir etwas vor, sie weiß nicht, wer du bist.

ARLEQUIN. Hölle und Teufel, wollen wir wetten, daß ich sie in meiner Dienerlivrée heirate, im Arbeitskittel, wenn Sie mich ärgern? Ich will Ihnen etwas sagen: die Liebe auf meine Art geht nicht so leicht zu Bruch, ich brauche Ihren Plunder nicht, um meine Sache zu Ende zu bringen, Sie können mir mein Zeug ruhig wiedergeben.

DORANTE. Du bist ein Betrüger, ich kann das nicht begreifen, ich muß jetzt endlich Monsieur Orgon unterrichten.

ARLEQUIN. Wen? Unsern Vater? Ach, der gute Mann, den haben wir ganz auf unsrer Seite; er ist der beste Mensch der Welt, ein wahrer Schatz! . . . Das werden Sie mir noch bestätigen.

DORANTE. Dieser Narr! Hast du Lisette gesehen?

ARLEQUIN. Lisette? nein; vielleicht habe ich sie vor Augen gehabt, aber ein Mann von Stand gibt doch nicht acht auf eine Kammerzofe; meinen Anteil an dieser Aufmerksamkeit überlasse ich Ihnen.

DORANTE. Hinaus mit dir, du verlierst den Verstand.

ARLEQUIN. Ihr Verhalten ist ein wenig ungezwungen, aber das macht die Gewohnheit: adieu, wenn ich verheiratet bin, reden wir von gleich zu gleich miteinander. Da kommt Ihre Zofe. Guten Tag, Lisette, ich lege dir Bourguignon ans Herz, er ist ein ganz verdienstvoller Bursche.

Achte Szene

Dorante, Silvia.

DORANTE *(beiseite).* Wie sie es verdient, geliebt zu werden! Warum mußte Mario mir zuvorkommen?

SILVIA. Wo waren Sie nur, Monsieur? Seit ich von Mario weggegangen bin, habe ich Sie nicht mehr finden können, um Ihnen zu berichten, was ich mit Monsieur Orgon besprochen habe.

DORANTE. Dabei bin ich gar nicht von hier weggegangen; doch worum geht es?

SILVIA *(beiseite).* Diese Kälte! *(Laut.)* Obwohl ich versucht habe, Ihren Diener herabzusetzen und Monsieur Orgon selbst zum Zeugen für seine mangelnden Vorzüge genommen habe, und obwohl ich auch versucht habe, ihn zu veranlassen, die Hochzeit wenigstens aufzuschieben: er hat mich nicht einmal angehört; es heißt sogar, man wolle zum Notar schicken, und es ist höchste Zeit, daß Sie sich zu erkennen geben.

DORANTE. Das ist auch meine Absicht; ich werde unauffällig abreisen und einen Brief zurücklassen, der Monsieur Orgon von allem in Kenntnis setzt.

SILVIA *(beiseite).* Abreisen! das hatte ich nicht berechnet.

DORANTE. Billigen Sie meine Absicht nicht?

SILVIA. Hm . . . nicht allzu sehr.

DORANTE. Trotzdem sehe ich in meiner Lage keine bessere Lösung, es sei denn, ich redete selbst mit ihm, und dazu kann ich mich nicht entschließen; im übrigen gibt es andere Gründe, weshalb ich abreise: ich habe hier nichts mehr verloren.

SILVIA. Da ich Ihre Gründe nicht kenne, kann ich sie weder billigen noch anfechten; aber es steht mir nicht zu, Sie danach zu fragen.

DORANTE. Es wäre Ihnen ein leichtes, sie zu ahnen, Lisette.

SILVIA. Nun, ich denke mir zum Beispiel, daß Sie eine Abneigung gegen Monsieur Orgons Tochter haben.

DORANTE. Und sonst merken Sie nichts?

SILVIA. Oh, ich könnte noch einiges vermuten; aber ich bin nicht töricht und nicht so eitel, mir etwas auszumalen.

DORANTE. Noch so mutig, darüber zu reden, denn Sie hätten mir kaum etwas Freundliches zu sagen; adieu, Lisette.

SILVIA. Seien Sie vorsichtig, ich glaube, Sie verstehen mich nicht, das muß ich Ihnen sagen.

DORANTE. Sehr gut; Ihre Erklärung wäre kaum günstig für mich; bewahren Sie mein Geheimnis bis nach meiner Abreise.

SILVIA. Wie, Sie reisen wirklich ab?

DORANTE. Sie haben offensichtlich große Angst, ich könnte meine Absicht ändern.

SILVIA. Wie reizend, daß Sie das so gut erkennen!

DORANTE. Es ist unverblümt; adieu. *(Geht ab.)*

SILVIA *(beiseite).* Wenn er abreist, liebe ich ihn nicht mehr, ich heirate ihn nie ... *(Sieht ihm nach.)* Er bleibt aber stehen, er überlegt, er beobachtet, ob ich den Kopf nach ihm drehe, aber ich kann ihn doch nicht zurückrufen ... Trotzdem wäre es merkwürdig, wenn er abreiste, nach allem, was ich unternommen habe ... Ha, jetzt ist Schluß, er geht, ich habe doch nicht so viel Macht über ihn, wie ich dachte; mein Bruder ist ein Dummkopf, er hat sich so ungeschickt benommen, unbeteiligte Leute verderben immer alles. Jetzt stehe ich da! Was für ein Ende! Aber da erscheint er ja wieder, ich glaube, er kommt zurück, es war alles nicht so gemeint, ich liebe ihn noch ... Ich will so tun, als ginge ich hinaus, damit er mich zurückhält; schließlich muß unsere Versöhnung ihn etwas kosten.

DORANTE *(hält sie zurück).* Bleiben Sie bitte, ich muß Ihnen noch etwas sagen.

SILVIA. Mir, Monsieur?

DORANTE. Ich möchte nicht abreisen, ohne Sie davon überzeugt zu haben, daß es nicht falsch ist, was ich tue.

SILVIA. Oh, Monsieur, wieso ist es für Sie wichtig, sich vor mir zu rechtfertigen? Das lohnt nicht die Mühe, ich bin nur eine Zofe, und das lassen Sie mich deutlich genug spüren.

DORANTE. Ich, Lisette! dürfen Sie sich beklagen, ausgerechnet Sie, die Sie mich meinen Entschluß fassen lassen, ohne mir auch nur ein Wort zu sagen?

SILVIA. Hm, wenn ich wollte, ich würde Ihnen schon etwas darauf antworten.

DORANTE. Dann antworten Sie doch, mir wäre nichts lieber, als wenn ich mich täuschte. Aber was rede ich! Mario liebt Sie.

SILVIA. Das stimmt.

DORANTE. Sie sind für seine Liebe empfänglich, ich habe es vorhin gemerkt, als Ihnen so sehr daran lag, daß ich Sie beide verließ; deshalb können Sie mich gar nicht lieben.

SILVIA. Ich wäre für seine Liebe empfänglich! Wer hat Ihnen das gesagt? Ich könnte Sie nicht lieben! Was wissen Sie denn? Sie urteilen sehr rasch.

DORANTE. Ach, Lisette, bei allem, was Ihnen auf der Welt teuer ist, ich beschwöre Sie, erklären Sie mir, woran ich bin.

SILVIA. Einem Mann etwas erklären, der abreist!

DORANTE. Ich reise nicht ab.

SILVIA. Lassen Sie mich, und wenn Sie mich lieben, dringen Sie nicht weiter in mich. Sie fürchten meine Gleichgültigkeit und sind doch glücklich, wenn ich schweige. Was kümmern Sie meine Gefühle?

DORANTE. Was sie mich kümmern, Lisette? Kannst du noch daran zweifeln, daß ich dich anbete?

SILVIA. Nein, und Sie wiederholen es mir so oft, daß ich Ihnen glaube. Aber wozu überzeugen Sie mich davon? Was soll ich mit diesem Wissen anfangen, Monsieur? Ich will offen mit Ihnen reden. Sie lieben mich, aber diese Liebe ist von Ihnen nicht ernst gemeint; wie viele Möglichkeiten Sie haben, sich von ihr zu trennen! Der Abstand zwischen Ihnen und mir, tausend Dinge, die Sie auf Ihrem Weg finden werden, das Bemühen der anderen, Ihre Gefühle zu wekken, die Zerstreuungen eines Mannes von Ihrem Stand, all das wird Ihnen die Liebe nehmen, von der Sie mir so unbarmherzig erzählen; vielleicht lachen Sie schon darüber, wenn Sie hier abreisen, und Sie hätten recht damit. Aber ich, Monsieur, welche Rettung hätte ich vor ihrer Wirkung, wenn sie mich einmal erfaßt hat und ich sie, wie ich fürchte, nicht vergessen kann? Wer würde mich für ihren Verlust entschädigen? Wen sollte mein Herz an ihre Stelle setzen? Wissen Sie auch, daß, wenn ich Sie lieben würde, das Beste auf der Welt mich nicht mehr berühren könnte? Bedenken Sie also die Lage, in der ich mich befände, seien Sie so großmütig und verbergen Sie mir Ihre Liebe: ich selbst hätte größte Bedenken, Ihnen bei Ihrer augenblicklichen Verfassung zu sagen, daß ich Sie liebe. Das Geständnis meiner Gefühle könnte Ihre Vernunft gefährden, und daher verberge ich sie lieber.

DORANTE. Ach, teure Lisette, was habe ich da gehört: deine Worte haben ein Feuer, das mich überwältigt, ich bete dich an, ich achte dich; es gibt keinen Rang, keine Geburt, kein Vermögen, die nicht vergehen vor einer Seele wie der deinen. Ich würde mich schämen, wenn ich meinen Hochmut gegen dich aufrecht erhielte, und mein Herz und meine Hand gehören dir.

SILVIA. Im Grunde verdienten Sie, daß ich sie annehme, denn um Ihnen das Vergnügen zu verheimlichen, das sie mir bereiten, muß man schon sehr großmütig sein, und glauben Sie etwa, das kann man lange durchhalten?

DORANTE. Sie lieben mich also?

SILVIA. Nein, nein; aber wenn Sie mich noch lange fragen, sind Sie selbst daran schuld.

DORANTE. Ihre Drohungen können mich nicht erschrecken.

SILVIA. Und Mario, haben Sie den vergessen?

DORANTE. Nein, Lisette; Mario fürchte ich nicht mehr, den lieben Sie nicht, da können Sie mich nicht mehr täuschen, Ihr Herz ist aufrichtig, Sie sind für meine Gefühle empfänglich: der Taumel, der mich erfaßt hat, läßt mich nicht im Zweifel, ich bin dessen gewiß, und diese Gewißheit können Sie mir nicht mehr nehmen.

SILVIA. Das will ich auch gar nicht versuchen, behalten Sie sie, wir werden sehen, was Sie damit anfangen.

DORANTE. Willigen Sie nicht ein, die Meine zu werden?

SILVIA. Wie, Sie wollen mich heiraten, trotz allem, was Sie sind, trotz des Zornes Ihres Vaters, trotz Ihres Vermögens?

DORANTE. Mein Vater verzeiht mir, sobald er Sie gesehen hat, mein Vermögen reicht für uns beide, und Vorzüge sind durchaus so viel wert wie vornehme Geburt; reden wir nicht mehr darüber, denn ich werde meine Einstellung nie ändern.

SILVIA. Er wird sie nie ändern! Wissen Sie auch, daß Sie mich entzücken, Dorante?

DORANTE. Halten Sie also Ihre Liebe nicht mehr zurück und erwidern Sie die meine.

SILVIA. Endlich bin ich am Ziel; Sie ... Sie werden Ihre Einstellung nie ändern?

DORANTE. Nein, liebste Lisette.

SILVIA. Welch eine Liebe!

Letzte Szene

Monsieur Orgon, Silvia, Dorante, Lisette, Arlequin, Mario.

SILVIA. Oh, Vater, Sie hatten gewünscht, daß ich Dorante angehöre: sehen Sie nun, wie Ihre Tochter Ihnen mit der allergrößten Freude gehorcht?

DORANTE. Was höre ich! Sie sind ihr Vater, Monsieur?

SILVIA. Ja, Dorante, wir hatten beide den gleichen Einfall, uns besser kennenzulernen. Nun brauche ich Ihnen nichts mehr zu erklären; Sie lieben mich, daran kann ich nicht zweifeln, und meine Gefühle müssen Sie nach dem Geschick beurteilen, mit dem ich versucht habe, Ihr Herz zu gewinnen.

M. ORGON. Kennen Sie diesen Brief? Durch ihn habe ich Ihre Verkleidung erfahren, von der meine Tochter jedoch erst durch Sie gehört hat.

DORANTE. Ich kann Ihnen mein Glück gar nicht ausdrücken, Madame; doch am meisten entzücken mich die Beweise, die ich Ihnen für meine Liebe gegeben habe.

MARIO. Vergibt Dorante mir den Zorn, in den Bourguignon meinetwegen geraten ist?

DORANTE. Er vergibt ihn nicht, er dankt Ihnen dafür.

ARLEQUIN *(zu Lisette).* Freuen Sie sich, Madame! Sie haben zwar Ihren Rang verloren, aber Sie sind nicht zu bedauern, denn Arlequin bleibt Ihnen.

LISETTE. Ein schöner Trost! dabei gewinnst nur du allein.

ARLEQUIN. Ich verliere nichts dabei; bevor ich wußte, wer du bist, war deine Mitgift mehr wert als du, jetzt ist es umgekehrt! Das verdient einen Luftsprung.

Nachwort

1.

Die Biographie sagt wenig über Marivaux. Sie berichtet von keinen Abenteuern, keinen auffallenden Zügen des Charakters. Weder Briefe noch zeitgenössische Memoiren bewahren die wirklichen, individuellen Umrisse seiner Gestalt. Auch die überlieferten Bildnisse, ob gemalt oder in Stein gehauen, kennzeichnen ihn nur mit jenem augenblickswach sensiblen, geistreichen Lächeln, das um die Mitte des 18. Jahrhunderts allen Porträtisten und daher scheinbar allen Porträtierten gemeinsam war. Pierre Carlet de Chamblain de Marivaux, den Menschen, kennen wir nicht. Dafür sind alle Daten seiner bürgerlichen Existenz wohlbekannt: geboren 1688, verheiratet seit 1717, zaghafte Griffe nach Juristen- oder Beamtenposten, etwas Erfolg als Journalist, Geburt eines Kindes, wenige Umzüge immer in Paris, Entstehung und Aufführung von fast dreißig Lustspielen zwischen 1720 und 1740, zwei Romane, dann Schweigen, der Tod 1763. Das spurlose Leben teilt er mit anderen Dichtern, Malern, Musikern. Wir vermuten in ihrer Verborgenheit irgendein Geheimnis. Marivaux' Anonymität ist aber nur die des Alltags. Was er tat und vielleicht litt, flocht sich ganz in den Tages- und Jahreslauf seiner Umgebung ein.

Der Verzicht auf alle Sonderrechte des Lebens brachte ihm einen seltenen Lohn. Er durfte sich mit seinem Zeitalter eins fühlen. Das klare und fragile Gefüge der Rokoko-Gesellschaft, das austarierte Gleichgewicht ihrer Freiheiten und Verpflichtungen, der leise, stetig nuancierte Witz ihres Ausdrucks waren ihm Selbstverständlichkeiten. Er gewann daraus seinen Stil – sogar die Form seines Werkes. Das unbefragt Hingenommene bot nämlich dem Lustspieldichter das System von Konventionen, welches das Lustspiel zur Vollendung braucht. Die »Welt« seiner Komödien beruht auf der stimmigen, bewohnbaren Geschlossenheit der Sitten, die alle Figuren des Spiels als ihre Voraussetzung anerkennen. Sie bewegen sich in einem künstlichen Universum, das ihnen dank seiner lückenlosen Durchbildung wie Natur vorkommt. Als Marivaux vorgeworfen wurde, der Ton seiner Dialoge sei unnatürlich, konnte er mit dem besten Gewissen behaupten: »Ich versuche, die Natur, den üblichen Konversationston nachzuahmen.« Er selbst kannte keine Natur als die Denk- und Sprechweise seiner Zeit (bis er jenen explosiv anderen Naturbegriff, den der Wissenschaft, für sich entdeckte). Die Gesellschaft lieh ihm ihre Sprache; er gab sie seiner Kunst weiter; und von der Kunst erhielt die Gesellschaft ihre eigenen Fügungen, zur Essenz geklärt, zurück. Dieser ungebrochene Zirkel von Gesellschaft, Ich, Kunst, Publikum ist der Rahmen, in den Marivaux' Lustspiele eingeschrieben sind.

Sie sind, gerade deshalb, keine Gesellschaftslustspiele. Sie können das soziale Gefüge nicht zu ihrem Inhalt machen, weil es immer schon ihre Form ist. Sie können es nicht beurteilen, weil es für sie das Selbstverständliche bleiben muß. Die Erfinder und Fortsetzer der großen französischen Komödie, von Molière über Regnard und Lesage bis Beaumarchais, prüften ihre Umwelt mit kritischer Schärfe, manchmal Rankùne. Nicht so Marivaux. Seine Neugier gilt nur den einzelnen Seelen, die sich einer zeit- und ortflüchtigen Erfahrung öffnen: der erwachenden, sich verleugnenden, sich bekennenden Liebe. Alle seine Stücke handeln von der Liebe; um nichts als sie zu sehen, schirmen sie sich gegen die Vielfalt der Außenwelt ab. Marivaux' Komödien spielen – anders als die seiner Vorgänger, Zeitgenossen, Nachfolger – nicht in Paris, wo Hof und Stadt mit ihren Launen und Miseren, mit ihren grellen Moden und versteckten Interessen pausenlos mitspielen würden. Sie wählen meist ein Landhaus zum Schauplatz, in dem sich eine genau vorbestimmte Anzahl von Figuren versammelt (wie sonst in den Romanen von Sade und aus ähnlichen Gründen). Ihre Leidenschaften und Empfindlichkeiten ziehen sich an und stoßen sich ab, schaffen neue Verbindungen und Trennungen, bis sich an ihren Abenteuern die Naturgesetze der Seele offenbart haben. Im geschlossenen Bezirk des Château, der Maison de campagne findet, wie in einer Retorte, das Experiment der Liebe statt.

Marivaux wurde ein halbes Jahrhundert nach Newton, ein halbes Jahrhundert vor Lavoisier geboren. Er unternahm es, für die Wissenschaft der Seele das zu schaffen, was jene für Physik und Chemie erdachten: Versuchsanordnungen, die, vor äußeren Einflüssen geschützt, den Kräften der Wirklichkeit zu reiner, beispielhafter Erscheinung verhelfen. *Les Sincères* (1739) zum Beispiel sind ein Modell solcher Anordnung – ein Experiment mit vier Elementen. Die Marquise, Ergaste, Araminte und Dorante: sie alle sind gleich jung, gleich hübsch und geistreich. Nur ihre Herzen sind unterschiedlich beschaffen; im Spiel geht es um deren vorgetäuschte und wirkliche Wahlverwandtschaften. Die Marquise sieht sich als Vorkämpferin einer neuen Wahrheitsliebe, die der höfischen Schmeichelei heroisch schmollend den Rücken kehrt. Sie ist eitel, gibt es sich aber nicht zu. Sie verflucht die Komplimente, nach denen sie sich sehnt. Ergaste ist in der ergänzenden Illusion befangen. Er will jedem unumwunden seine Meinung sagen, als ergriffe Freiheit die Welt dank seiner kleinen Selbstbefreiungen. Diese beiden Aufrichtigen, die vor allem sich selbst belügen, begegnen einander. Zunächst laben sie sich an der Nähe des verwandten Charakters; dann verhungern sie fast an der Kost, die des anderen Sprödigkeit ihrer eigenen Gefallsucht bietet. Sie fliehen zu ihren alten Geliebten zurück: sie zum welterfahrenen Dorante, er zur klugen Araminte, die Einsichten zu verschweigen oder in süße Worte zu hüllen verstehen. Die Natur hat über die Grundsätze, die echte Schwäche über die eingebildete Stärke gesiegt.

2.

Der Triumph der Natur über die Grundsätze, die Niederlage der (Un-)Vernunft gegen die Seele – das ist das Ergebnis aller Marivauxschen Versuche. Als die Handlung beginnt, leben Vernunft und Seele noch in schwesterlichem Einverständnis. Sie scheinen unzertrennlich. Die Anmut der Figuren beruht auf solcher inneren Verdoppelung; denn gerade als Doppelwesen genügen sie völlig sich selbst. Sie sind, wie die ungespaltenen Urmenschen des Platon, ihre eigenen Freunde und Liebhaber. Der Mensch schaut gewöhnlich nach außen, er tastet und stolpert, weil er seine Ergänzung (oder bloß sein Bild im Auge eines anderen) sucht. Da Marivaux' Menschen zu Beginn des Spiels ganz und gar lückenlos sind, schauen sie nur in sich. Die Vernunft beugt sich über die Seele und erkennt sich in ihr als ihrem Spiegel. Ein neuer Narziß, erfährt die Marivauxsche Gestalt in der steten Wechselflut der Blicke zwischen Sich-Spiegelndem und Spiegel ihre eigene, unverletzte Schönheit. Daher hütet die Vernunft die ihr anvertraute Seele vor der Trübung jeglicher Leidenschaft. Ein zartes Sich-Bewahren legt sich dämpfend um Worte und Gesten – die Hülle irdischer, jenseitsfreier Vollkommenheit.

Sich umhegende, verwöhnende Verdoppelung ist der Innenraum, in dem die schöne Menschengestalt, Idol der Vorrevolution, keimt, wächst. Sie wird ihres Glückes ganz erst in Mozarts und da Pontes »marivaudage« gewiß, dem Seelenexperiment *Così fan tutte*. Marivaux' gesamtes Œuvre scheint ein Vorentwurf zu *Così fan tutte*: nicht weil dessen Handlung ihrerseits wie ein Plagiat seiner Wett- und Erprobungskomödien von der *Double Inconstance* (1723) bis zur *Dispute* (1744) wirkt. Sondern das Glück bei Mozart – der aufsteigende Gesang – entspringt jenem Ort holder Selbstverdoppelung, den Marivaux unablässig beschrieb. Mozarts Ausdruck (zumal der letzten Buffa) ist reflektiert in sich selbst. Schon in der Tonbildung der wahren Fiordiligi-Sängerin klingt hochprofessionelle Ausbildung mit, die bei lateinischen Völkern zu Recht

»formation«, »formazione« heißt: Beseeltes entsteht als a priori Geformtes, statt Gefühl die Spiegelung des Gefühls in Bewußtheit und Kunst. Die Stimmen des Abschiedsterzettino etwa sagen nicht ihre Trauer – sondern mit Silberlinien zeichnen sie die Rührung des Ich nach, das der Trauer seiner in Klage sich wiegenden Seele zuschaut, nachhorcht. So singt sogar aus der Trauer, wenn sie sich in Trauer spiegelt, Beisichsein als Glück.* – Wie die schöne Gestalt aber, wie die Humanität der Klassik gezeugt wurde von Narziß in Liebe zu sich, das ließe sich eher mit Worten der Mystik, nicht der Ästhetik oder Psychoanalyse, erzählen.

Die verbannte Leidenschaft bricht unvermutet in die Seele ein. Schneller als der durch Selbstgenuß geschwächte Widerstand sich sammeln könnte, erobert sie das befestigte Innerste. In diesem Augenblick wird die Vernunft zum bloßen Grundsatz – ihre fortgesetzte, eitle Selbstbespiegelung, die die Wandlungen der Seele nicht wahrhaben will, zum falschen Bewußtsein. Die Instanz der Selbstdeutung und -lenkung verbietet die Liebe und leugnet sie, als sie trotz ihres Verbotes entsteht und wächst. Nirgends hat Marivaux das genauer und reicher geschildert als in den ersten beiden Akten seines Musterwerks *Le Jeu de l'Amour et du Hasard* (1730). Die Unlust des Mädchens Silvia zu heiraten, die altklugen Theorien, die sie daran knüpft, ihr Entschluß, vor Ankunft ihres unbekannten Freiers sich als Dienerin zu verkleiden – all dies zeigt sie als wache Bewahrerin ihrer Perfektion. Ihre Gestalt ist noch heil, gepanzert mit spröden Überlegungen. Ihre Worte und Werte werden erst äußerlich in Zweifel gezogen, durch die derb-natürlichen Sprüche der Zofe Lisette. Silvias keusche, stolze Selbstgenügsamkeit erscheint schon in solchem Kontrast als eine Art Komödien-Hybris: Herausforderung der Natur, dieser (vor all ihrer Subjektivierung oder Verwissenschaftlichung) ältesten strafenden Gottheit des Lustspiels. Der Freier Dorante, der sich

* »Das Geheimnis ist, daß Mozart derjenige war, der Mozart am meisten genoß« (Giraudoux).

gleichfalls als Diener verkleidet hat, tritt auf; es folgen die ersten Angriffe auf die Indifferenz des Mädchens.

In welcher Vielfalt geschickter Attitüden wehrt sich Silvia gegen sich – und wie hämisch verpetzt uns dennoch das Stück ihre Einfalt und Wehrlosigkeit. Bewußtsein und Gefühl trennen sich voneinander. Silvias Vater und Bruder wissen von Dorantes Verkleidung und fördern das Verliebtsein der beiden falschen Domestiken. Marivaux durfte aber die Helfer-Partien auf das geringste beschränken; so sicher ist seine Virtuosität vorzuführen, wie ein Herz durch Abwehr sich in seinen eigenen Wünschen und Ängsten verstrickt. Noch in jener spielerischen Szenenfolge (II,7–11), in der Lisette, Vater Orgon, Bruder Mario durch schlaue Fragen und geheuchelte Ahnungslosigkeit die Not in Silvias Herzen steigern, leihen sie Stimmen nur den inneren Fragen, die Silvia bestürmen. Fragen der Vernunft an die Seele, der Seele an die Vernunft – ihr Zerwürfnis ist so weit fortgeschritten, daß ihr Dialog einer gegenseitigen Vernehmung auf der Folter gleicht. Silvia kann ihre Liebe nicht mehr leugnen; noch weniger sie sich eingestehen. Alles drängt zur Entscheidung, zum Sieg über sich oder zur Kapitulation vor sich selbst. Nun darf die zwölfte Szene des zweiten Aktes beginnen, ein Meisterstück des Stückes, der späteuropäischen Komödie. Sie könnte den Titel tragen: Die drei Seufzer der Silvia.

3.

Mit dem *ersten Seufzer* hebt die Szene an: »Ach, wie schwer mir das Herz ist!« Er stößt die Türen eines düsteren Gelasses auf, in der Vereinsamung und Verwirrung wohnen. ». . . ich mißtraue allen Gesichtern und bin mit niemandem zufrieden, auch mit mir nicht.« Silvias Anmut, ihr Wesen bestand darin, sich einig zu scheinen mit ihrem Selbst. Sie ist nah daran, ihr Wesen zu verlieren. Liebt sie einen Diener, so kann sie nicht die Tochter ihres Vaters, die Herrin ihrer Zofe

– sie kann nicht Silvia sein. Verleugnet sie aber ihre Liebe, ihr neues Eigenstes, dann ist sie auch nicht Silvia mehr. Alle Konformität der Komödie lastet eben auf der Szene, deren Diskurs (»Silvia liebt einen Diener«) der Konformität der Zeit, der Gesellschaft abzuschwören sucht. Anders als für Shakespeares Julia, für Schillers Luise ist für Silvia keine Identität vorgesehen als ihre soziale Rolle: kein inwendiges Asyl in trotzender Subjektivität, kein Recht vor Gottes oder der Menschheit Berufungsgericht. Die Hierarchie des Lustspiels ist ihr Lebenselement; mit Bourguignon-Dorante leben hieße für sie sterben. In diese Krise trifft das Geständnis: Dorante ist nicht Bourguignon, sondern Dorante, ist Herr statt Diener. Der *zweite Seufzer* folgt, ein Kürzel barer Poesie: »Oh, ich sehe klar in meinem Herzen.«

Das sind keine festen, wohlgesetzten Überlegungen mehr, mit welchen Silvia zu Beginn sich und die Welt in Ordnung hielt. »Oh! je vois clair dans mon cœur« – Einsicht ist hier von der Art des Blickes, des Blitzes, der das verdüsterte Innere jäh erhellt, dessen Schock und Glück dort alles in ein neues Bild rückt: Silvia darf lieben und einsehen, daß sie liebt. Ihr »Oh«, dieses Aushauchen aller Spannung und Angst, steht für eine sekundenlange Ohnmacht. Die Not der Identität hört auf im Nichts des Glücks; und Verstehen darf erst jetzt zum wahren Einverständnis mit sich selbst werden: im seligen Unterbruch des Selbst. – Marivaux schrieb sein Lustspiel, um ein einziges, winziges Geschehen zu fassen: die Sekunde der Liebesüberraschung. *La Surprise de l'Amour* – die *Erste* (1722) und die *Zweite* (1727) – heißen die beiden Komödien, in denen er, wie sonst nur im *Jeux de l'Amour et du Hasard*, sein eigenes Maß erfüllte. Alle drei hat man der Enge geziehen: der Beschränkung ihrer Welt auf ein einziges Liebespaar, der Ähnlichkeit ihrer psychologischen Verrükkungen, über die sie das glückliche Ende erreichen. Ein Sich-Sträuben, ein Zögern, ein Nachgeben – das sei ihr ganzer Gang. Man übersah, daß die Dimensionen dieser Komödien die mikrokosmisch maßlosen der Seele sind. Die Strecke, die sie in Schritten wie vor der Zeitlupe zurücklegen, kann die überhaupt weiteste heißen: von der schönen, behüteten Gestalt bis zu ihrer geblendeten Auflösung, von der geformten Humanität der Mitte bis zur Verzückung innerweltlicher Mystik.*

Die Liebesüberraschung verändert die Grundstoffe selbst von Marivaux' Menschen: Glückbetäubt taucht die Vernunft in der Seele unter, und glückverwandelt kehrt sie zu sich zurück. Sie hat erfahren, daß das wahrhaft Vernünftige das begriffslose Streben der Seele nach Glück ist. Die Bekehrung der Vernunft zum Glück ist für Marivaux die einzige nicht erlogene Rückkehr ins Paradies. Fast am Ende der Dramenhandlung, welche die Utopie der Selbstbewahrung destruiert hat, steht plötzlich eine Handlung der Lyrik – sie rekonstruiert Utopie aus der Selbstvergessenheit. Utopisch bleibt deren Sekunde, in der die Vernunft zum Glück der Seele zugleich »Du« und »Ich« sagt; sie gehört nicht zum fixierbaren Bestand einer realen Welt. In diese aber hat sich Silvia schon zurückbegeben, wenn sie ihren *dritten Seufzer* ausstößt: »Es ist Dorante! Das kam zur rechten Zeit für mich.« Der Seufzer spricht nicht mehr Klage oder Verzückung, sondern ist ein Aufatmen, das die heile Gestalt wiederherstellt: Aufatmen darüber, daß die Not, wohl auch, daß das Zuviel an Seligkeit vorbei ist. Marivaux' Personen haben nicht vor, den Stillstand ihres Glückerlebens wörtlich zu nehmen, ihn wie zu einem immerwährenden Drogenfest zu verlängern. Denken und Fühlen schließen ihren Frieden, ihr Spiel der Spiegelungen darf wieder beginnen, und mit dem dritten, letzten Seufzer versichert sich Silvia fast zu eilig wieder ihrer hübschen Konturen und Grenzen. Doch der Umgangston des

* So wird auch Fiordiligis Hauch die Geste von Berninis heiliger Teresa profan erneuern: »Fa di me quel che ti par.« Unnachahmlich ist der Augenblick europäischer »Klassik«, narzißhafter Vollendung des Ich, erst dadurch, daß er uns unausgesetzt spüren und vergessen läßt, wie er sich aufzulösen sehnt. Er zähmt zur Balance, bis 1789, seinen doppelten Hang, sich zu bewahren und wegzuwerfen.

Ich mit der Seele hat sich geändert. »Es ist Dorante! Das kam zur rechten Zeit für mich«: Selbstironie hat Selbstverwöhnung (und ihre Krise) ins Vergangene verwiesen, überwunden – oder nur dürftig ersetzt?

Ist Selbstironie nicht der noch wirksamere, schlauer gewordene Selbstschutz des Mädchens, da sie nun hinübertritt in eine fremde Welt der Reife? So sieht es Silvia. Doch ihr Spaß und Spott ob ihrer schnell getrockneten Tränen sind weder so arglos noch so überlegen, wie sie es glauben und uns glauben machen will. Selbstironie beschönigt nur nachahmend die böse Ironie, die das Stück seiner Heldin angetan hat. Die äußere Komödienhandlung nämlich, die Silvia mit all ihren Kräften und Widerständen vorantrieb, hat sie genau an den Punkt zurückgeführt, von dem sie vor aller Handlung verzweifelt fortwollte: Sie wird ins Ehebett steigen mit Dorante, und ihre mühsame Liebeswahl, Selbstfindung hat bloß den Liebesbefehl, die Welträson ihres Vaters überflüssig verdoppelt. In der Spätzeit der Komödie mehren sich (vom *Jeux de l'Amour et du Hasard* über *Così fan tutte* bis *Leonce und Lena*) solche Zirkelhandlungen: nutzlose Aufstände, Illusionen der freien Entscheidung, selig-opportune Kapitulationen der Ausnahme vor der Regel. – Alle Konformität der Komödie von Menander bis Molière trug in sich eine Gegenkraft: die Überzeugung, daß die Gesellschaft selber das Leben der Liebe hervorbringt, das ihre Erstarrungen, Verknöcherungen lösen wird. Die späte Komödie glaubt nicht mehr daran, daß junges Leben die vorgefunden fertige Väterwelt ändert – sie traut nicht jener erneuernden Kraft, die einstmals bald »Liebe«, bald »Verstand« oder als beide zusammen »Natur« hieß.

4.

Im Gegenteil: Seit der Verwissenschaftlichung der Natur, seit Marivaux' Experimentalforschung der Gefühle setzt sich mit den Naturgesetzen der Seele – ja, mittels der Liebe selbst die Herrschaft der Regel durch. Die Lehre von den Affinitäten, die Marivaux mit aller Ahnung und Erkenntnis vorausnimmt, wird sich (von Bergmans electio affinitiva bis zu Daltons Atomhypothese) bald nach seinem Tod ins Zentrum der entstehenden Kunde der stofflichen, materiellen Welt drängen. Eben diese Lehre läßt aber die alte Alchymie der Substanzen endgültig durch eine neue Kinetik der Bindungen-und-Reaktionen ablösen, auslöschen: Chemie, kaum erst ist sie begründet, in Physik münden. – Ähnlich wird Marivaux' Chemie der Seelen in einer Physik der Triebe aufgehen, untergehen. Daß gerade die Illusion von Liebeswahl, Liebesentscheidung sich einspanne, verkehre in eine berechenbare Mechanik des Verlangens – diese Entdeckung gibt dem Roman dann an der Grenze zwischen Aufklärung und Realismus den heftigsten Anstoß. Von Leidenschaft als triebgelenkter Täuschung und Selbsttäuschung, denen Enttäuschung notwendig folgt, handeln Constants *Adolphe* wie Stendhals Demonstrationen der »cristallisation« (und folglich der »décristallisation«) aller Anziehung zwischen Mann und Frau.

Das Lustspiel aber kann im Medium des neuen Romans – in der Zeit als Verwüstung des Sinnes – nicht leben. Mussets, Büchners Komödien des Sinnverlusts scheitern am Unepischen des Theaters, das mangels weitgedehnter Zeitlichkeit die Komödie zur Anekdote, den Sinnverlust zu Laune, Langeweile schrumpfen macht. – Paradoxe Rettung des Sinnes wagten noch Marivaux, Mozart im *Spiel von Liebe und Zufall*, in *Così fan tutte*. Hinter dem Doppelvorgang von Illusion und Desillusion, von Hoffnung auf Dauer und Erfahrung des Vergehens leuchtet hier, unzersetzbar, die Gewißheit des erlebten Augenblicks auf: »Oh! je vois clair dans mon cœur« und »Fa di me quel che ti par«. Der Augenblick (der Liebesüberraschung, Glücksohnmacht) suspendiert, im Innern der Seele, allen Gegensatz von Sinn und Zeit, von Dauer und Vergehen. Im Äußern trennt aber gerade er mit einem Hieb Freiheit von Zwang, Mystik von Mechanik der

Liebe – bis die erscheinende schöne Gestalt fast zerspellt in Psyche und Marionette, die Komödie in Seelenlyrik und Versuchsprotokoll. Das Abenteuer dieses ihres Fast-Zerbrechens wird zur zweiten, heimlich inwendigen Handlung des handlungsscheuen Spiels.

Marivaux' Komödien wachsen im Schatten des Endes der europäischen Komödie. Der Augenblick der Liebesüberraschung kann die Gattung, deren Heimat niemals die Innenwelt war, nur für einen kurzen, extravaganten Augenblick zusammenhalten, rechtfertigen. Bald ziehen sich Selbstverdoppelung, Selbstverwöhnung als keimhaftes Inbild der Klassizität ganz in Lyrik und Lied, in die Zuflucht des Beisichseins zurück – während der Roman die Einheit des Ich zerbricht, während das Lustspiel mit der Einheit des Ich zerbricht. Wurde schon bei Marivaux die Illusion der Seele widerlegt von der Desillusionshandlung der Spätkomödie, so erfährt jetzt deren klar-abstrakte Zirkelbewegung eine entsetzliche Konkretisierung, Realisierung im Destruktionsgang der »éducation sentimentale«: als der biographische Jahrzehntekampf des Romanhelden, Antihelden gegen die Zeitlichkeit, Dinglichkeit, in welchem der blinde Lebensstoff das Selbst abbraucht, verschüttet. – Noch bis zur Mitte des 19. Jahrhunderts aber kann alle Integrität der Menschengestalt, Erbschaft Marivauxschen, Mozartschen Ichschutzes, Ichverliebtseins, plötzlich aufscheinen, wenn »der Dichter spricht«. Trost kehrt ein, nicht nur in jenen Takten Schumanns, sooft das Ich sich dem Ich zuneigt: hegend, besänftigend sich anspricht.

Sogar dem Zerfallsmärtyrer Baudelaire geriet zu seiner glücklichsten Zeile die an seinen eigenen Schmerz: »Sois sage, ma douleur, et tiens-toi plus tranquille«. Ganz Geste und Klang aber wurde das sich anredend redende Subjekt, Hüter eines unmöglich noch Behüteten, in Mörikes Trost- und Bannspruch: »Ängste, quäle / Dich nicht länger, meine Seele!« Seine andächtig wiederholten Formeln »Mein Herz, o sage«, »Denk es, o Seele!« sind zarteste Rettungen des

Selbst, gegen das ein nicht mehr zu durchdringendes, anzueignendes Weltmaterial anbrandet. Nur das zeitlos Flüchtigste zwischen Schlaf und Wachen, Nacht und Frühe, Leben und Tod, gespiegelt in der ortlosen Verborgenheit des lyrischen Ich, taugt noch zu Zeit und Ort, das Glück des unverwüsteten Subjekts zu bewahren. Darum engt Mörike die poetische Mitte auf das minimale Innen-Welt-Reich eines, wenn man will, Biedermeier-Narziß ein: auf »holdes Bescheiden«. Im hypochondrischen Horchen eines schwäbischen Landpfarrers auf die Regungen seines Seelenleids und -glücks findet so Silvias Anmut der Selbstbespiegelung ihr letztes Asyl. Ihre schöne Gestalt ist zum winzigen Idol geworden, im Innersten des Innern zur heimlichen Anbetung versteckt.

Ivan Nagel

Anhang

1. Der Komödienautor als Konformist

(Aus: Rede des Bischofs von Sens zur Aufnahme Marivaux' in die Académie Française, 1742)

Obwohl Sie, mein Herr, Ihren Platz unter uns verdient haben durch eine Vielzahl von Werken, die das Publikum begierig las – unseren Wahlspruch verdanken Sie weniger solchen Betätigungen als unserer Wertschätzung Ihrer Sitten, Ihres guten Herzens, der Annehmlichkeiten Ihrer Gesellschaft und, wenn ich das so sagen darf, der Liebenswürdigkeit Ihrer ganzen Prägung ... All dies vereint unsere Stimmen leichter als glanzvolle Schriften und hochgelehrte Abhandlungen. Wie viele Herren, deren Poesie das Publikum pries, aber deren böse Zunge und Launen, ja sogar Gottlosigkeit die Akademie fürchtete, mußten jegliche Hoffnung, ihr anzugehören, begraben! An Ihnen hingegen liebt sie jetzt schon den versöhnlichen, ansprechbaren, geselligen, verbindlichen Charakter.

2. Die Zofe als Naturwissenschaftlerin

(Aus: *Das Spiel von Liebe und Zufall*, 1. Akt, 1. Szene)

SILVIA. [...] merk dir, daß es dir nicht zusteht, mein Herz nach deinem zu beurteilen.

LISETTE. Mein Herz ist so beschaffen wie das aller andern Leute, wieso verfällt das Ihre darauf, wie keines sonst zu sein?

3. Der Herrscher als Experimentator

(Aus: *Der Streit*, 2. Szene)

DER PRINZ. Vor achtzehn oder neunzehn Jahren [...] wurden vier Kinder, zwei weibliche und zwei männliche, aus ihren Wiegen in diesen Wald verbracht, wo für sie ein Bau errichtet worden war. Da wohnte nun jedes Kind getrennt in einem Bezirk, den es bis heute nicht verlassen hat – so daß sie sich nicht sehen konnten. Sie kennen nur Mesrou und seine Schwester, die sie ernährten, und die deshalb von schwarzer Hautfarbe sind, damit ihre Zöglinge überrascht werden, sobald sie ihre Mitmenschen erblicken. Wir werden sie jetzt zum erstenmal loslassen aus ihren Revieren, ihnen die Freiheit geben, sich kennenzulernen. Man hat sie unsre Sprache gelehrt; wir werden ihren Verkehr miteinander beobachten können, als sei jetzt das erste Zeitalter der Welt. Die ersten Lieben beginnen wieder – und wir wollen sehen, was sich daraus ergibt.

*

NB. Patrice Chéreau hat *La Dispute* 1973 fürs Théâtre National Populaire in Szene gesetzt. Es wurde eine der großen Aufführungen unserer Lebenszeit. Chéreau nahm das Experiment wörtlich und fragte: Welcher Mensch darf mit Menschen experimentieren? In der Gestalt der Herrscher, Experimentateure, Voyeure, auch durch seinen eigenen obszön bösen Blick, verband er Marivaux mit Sade. In der Gestalt der liebesseligen, liebesgefolterten Kinder aber, die sich und einander und die Welt bald in Glückstollheit, bald mit panischem Schrecken entdeckten (als wären ihre Augen und Ohren Wunden, durch die alle Dinge ihnen zum erstenmal in Hirn und Herz drangen) – auch kraft seiner eigenen von Menschenleibern, Menschenseelen besessenen Sympathie erhob er Protest gegen Sade mit der Zunge Marivaux'. Erst Patrice Chéreau hat *den* Marivaux inszeniert, der er seit den Dachauer Zwillingsexperimenten von 1944–45 geworden war. Vielleicht wird *den* Marivaux, der heute, im Zeitalter der Gentechnik, soeben geboren wird, erst in dreißig Jahren einer inszenieren: mit besessener Liebe zur Menschengestalt, mit besessenem Haß auf das, was wir mit ihr anstellen.

I. N.

Französische Dramen

IN RECLAMS UNIVERSAL-BIBLIOTHEK

Jean Anouilh: Jeanne oder Die Lerche. Schauspiel. 112 S. UB 8970

Pierre Corneille: Der Cid. Tragische Komödie. 64 S. UB 487 – Le Cid / Der Cid. (Zweispr.) 327 S. UB 9398

Denis Diderot / G. E. Lessing: Das Theater des Herrn Diderot. 360 S. UB 8283

Alexandre Dumas: Die Kameliendame. Schauspiel. 96 S. UB 245

Jean Giraudoux: Die Irre von Chaillot. Schauspiel. 103 S. UB 9979 – Undine. Schauspiel. 111 S. UB 8902

Eugène Ionesco: Die kahle Sängerin. Anti-Stück. 61 S. UB 8370 – Die Stühle. Der neue Mieter. Zwei Theaterstücke. 104 S. UB 8656 – Die Unterrichtsstunde. Komisches Drama. 59 S. UB 8608

Pierre de Marivaux: Das Spiel von Liebe und Zufall. Komödie. 78 S. UB 8604

Molière: Amphitryon. 72 S. UB 8488 – L'Avare / Der Geizige. (Zweispr.) 275 S. UB 8040 – Der Bürger als Edelmann. Ballettkomödie. 87 S. UB 5485 – Le

Bourgois gentilhomme / Der Bürger als Edelmann. Ballettkomödie. (Zweispr.) 224 S. UB 8868 – Dom Juan ou Le Festin de pierre / Don Juan oder Der steinerne Gast. Komödie. (Zweispr.) 237 S. UB 8556 – Don Juan. 64 S. UB 5402 – Der eingebildete Kranke. 78 S. UB 1177 – Der Geizige. 88 S. UB 338 – Die gelehrten Frauen. 80 S. UB 113 – Le Malade imaginaire / Der eingebildete Kranke. (Zweispr.) 256 S. UB 7697 – Der Menschenfeind. 76 S. UB 394 – Le Misanthrope / Der Menschenfeind. Komödie. (Zweispr.) 237 S. UB 8924 – Les Précieuses ridicules / Die lächerlichen Preziösen. (Zweispr.) 211 S. UB 461 – Scapins Streiche. 64 S. UB 8544 – Die Schule der Frauen. 80 S. UB 588 – Tartuffe. 80 S. UB 74 – Le Tartuffe ou l'imposteur / Der Tartuffe oder Der Betrüger. (Zweispr.) 317 S. UB 8353

Jean Racine: Britannicus. Tragödie. (Zweispr.) 224 S. UB 1293 – Phèdre / Phädra. Tragödie. (Zweispr.) 255 S. UB 839 – Phädra. Trauerspiel. 63 S. UB 54

Jules Romains: Knock oder Der Triumph der Medizin. Komödie. 104 S. UB 9662

Edmond Rostand: Cyrano von Bergerac. Heroische Komödie. 156 S. UB 8595

Jean-Paul Sartre: Die ehrbare Dirne. Schauspiel. 46 S. UB 9325

Philipp Reclam jun. Stuttgart